O CADERNO
VERMELHO

PAUL AUSTER

O CADERNO VERMELHO

Histórias reais

Tradução
Rubens Figueiredo

3ª reimpressão

Copyright © 1992, 1995, 2000, 2002 by Paul Auster

O autor agradece às seguintes revistas, onde cada parte dessa coletânea apareceu originalmente: *Granta* ("O caderno vermelho" e "Não significa nada"); *The New Yorker* ("Por que escrever?"); e *Conjunctions* ("Notícia de um acidente").

Grafia atualizada segundo o Acordo Ortográfico da Língua Portuguesa de 1990, que entrou em vigor no Brasil em 2009.

Título original
The Red Notebook: True Stories

Capa
Jeff Fisher

Preparação
Cide Piquet

Revisão
Flávia Yacubian
Renato Potenza Rodrigues

Dados Internacionais de Catalogação na Publicação (CIP)
(Câmara Brasileira do Livro, SP, Brasil)

Auster, Paul, 1947-2024
 O caderno vermelho : Histórias reais / Paul Auster ; tradução Rubens Figueiredo. — 1ª ed. — São Paulo : Companhia das Letras, 2009.

Título original: The Red Notebook: True Stories.
ISBN 978-85-359-1474-0

1. Contos norte-americanos I. Título.

09-04711   CDD-813

Índice para catálogo sistemático:
1. Contos : Literatura norte-americana 813

Todos os direitos desta edição reservados à
EDITORA SCHWARCZ S.A.
Rua Bandeira Paulista, 702, cj. 32
04532-002 — São Paulo — SP
Telefone: (11) 3707-3500
www.companhiadasletras.com.br
www.blogdacompanhia.com.br

SUMÁRIO

O caderno vermelho *9*
Por que escrever? *49*
Notícia de um acidente *65*
Não significa nada *75*

Sobre o autor *87*

Para Carol Mann

O CADERNO VERMELHO

1

Em 1972, uma grande amiga minha se viu em apuros com a justiça. Ela vivia na Irlanda naquele ano, num povoado perto da cidade de Sligo. Eu estava em seu chalé fazendo uma visita no dia em que um detetive à paisana chegou de carro e apresentou uma citação para que ela comparecesse a uma audiência. As acusações eram graves o bastante para exigir um advogado. Minha amiga pediu ajuda a conhecidos e conseguiu a indicação de um nome. Na manhã seguinte, fomos de bicicleta até a cidade para discutir o caso com essa pessoa. Para meu espanto, ele trabalhava para um escritório de advocacia chamado Argue e Phibbs.*

Essa é uma história real. Se alguém duvida, que visite Sligo e veja com os próprios olhos se é invenção minha ou não. Há vinte anos que me divirto muito ao pensar nesses nomes, mas embora eu possa perfeitamente provar que Argue e Phibbs eram pessoas reais, o fato de um nome ter se associado ao outro (para formar uma piada ainda mais deliciosa, a caricatura mais acabada da profissão de advogado) é algo em que ainda acho difícil acreditar.

Segundo a última informação que tive (três ou quatro anos atrás), o escritório continua indo de vento em popa.

---

* Em inglês: Argumentar e contar lorotas. (N. T.)

2

No ano seguinte (1973), ofereceram-me o emprego de caseiro numa propriedade rural no sul da França. As encrencas jurídicas da minha amiga tinham todas ficado para trás e, como nosso romance intermitente parecia estar aceso outra vez, resolvemos unir nossas forças e aceitamos juntos aquele emprego. Nessa ocasião, nós dois estávamos sem dinheiro e, se não fosse aquela proposta, teríamos sidos obrigados a voltar para os Estados Unidos — o que nenhum de nós estava preparado para fazer naquele momento.

Acabou sendo um ano curioso. Por um lado, a casa era linda: uma grande construção de pedra do século XVIII, margeada por vinhedos e por uma reserva florestal. O povoado mais próximo ficava a dois quilômetros de distância, mas era habitado por não mais que quarenta pessoas, nenhuma delas com menos de sessenta ou setenta anos. Era um recanto ideal para dois jovens escritores passarem um ano, e de fato L. e eu trabalhamos muito lá, produzindo mais naquela casa do que qualquer um de nós pensava ser possível.

Por outro lado, estávamos sempre à beira do abismo. Nossos patrões, um casal de americanos que morava em Paris, nos mandavam um pequeno salário mensal (cinquenta dólares), uma ajuda de custo para o combustível do carro e dinheiro para alimentar dois cães labradores que viviam na propriedade. No fim das contas, era um trato generoso. Não havia aluguel para pagar e, ainda que nosso salário não fosse suficiente para cobrir nossos gastos, pelo menos já era uma mão na roda nas despesas de todo mês. Nosso plano era ganhar o resto fazendo traduções. Antes de deixarmos Paris e nos estabelecermos no campo, tínhamos acertado uma série de trabalhos para o correr do ano. O que esquecemos de levar em conta é que os editores costumam ser vagarosos no pagamento de suas dívidas. Também esquecemos de considerar que os cheques enviados de um país para outro podem levar semanas para serem compensados e que, quando finalmente o são, as tarifas bancárias e as taxas do câmbio reduzem bastante o seu valor. Como eu e L. não tínhamos deixado margem nenhuma para erros ou para contas malfeitas, muitas vezes nos víamos num tremendo aperto.

Recordo furiosos ataques de abstinência de nicotina, meu corpo entorpecido, fissurado enquanto eu vasculhava entre as almofadas do sofá e rastejava embaixo dos guarda-louças em busca de moedinhas perdidas. Por dezoito cêntimos de franco (mais ou menos três centavos e meio de dólar), dava para comprar cigarros de uma marca chamada Parisiennes, vendidos em pacotes de quatro unidades. Lembro de alimentar os cães e achar que eles estavam comendo melhor do que eu. Lembro que L. e eu considerávamos a sério a possibilidade de abrir uma lata de comida para cachorro e comer no jantar.

Nossa única fonte de renda adicional naquele ano vinha de um homem chamado James Sugar.* (Não estou querendo insistir em nomes metafóricos, mas fatos são fatos, e não há nada que eu possa fazer a respeito.) Sugar era fotógrafo da revista *National Geographic* e entrou em nossas vidas porque estava colaborando com um de nossos patrões numa matéria sobre aquela região. Ele tirou fotos durante vários meses, cruzando a Provence inteira num carro alugado fornecido pela revista, e toda vez que estava na região passava a noite conosco. Como a revista também lhe custeava as despesas,

---

* Em inglês, açúcar. (N. T.)

ele nos dava o dinheiro que havia recebido para cobrir os gastos com hotel. Se bem me lembro, a soma chegava a cinquenta francos por noite. De fato, L. e eu nos tornamos seus anfitriões habituais e, como Sugar era um homem muito generoso, sempre ficávamos contentes de vê-lo. O único problema era que nunca sabíamos quando ele ia aparecer. Sugar nunca ligava para avisar e, na maioria das vezes, passavam-se semanas entre uma visita e outra. Assim, aprendemos a não contar com ele. Sugar chegava do nada, estacionava o seu carro azul lustroso na frente da casa, ficava uma ou duas noites e depois sumia outra vez. Sempre que ia embora, achávamos que era a última vez que iríamos vê-lo.

Os tempos mais difíceis para nós foram o final do inverno e o início da primavera. Os cheques não chegaram na data prevista, um dos cães foi roubado e pouco a pouco fomos obrigados a nos virar como podíamos, atacando o estoque de comida na cozinha. No final, não havia sobrado mais nada, a não ser um saco de cebola, uma garrafa de óleo de cozinha e um pacote de massa para torta, que alguém tinha comprado ainda antes de nos mudarmos para a casa — uma sobra mofada do verão anterior. L. e eu aguentamos a manhã inteira e até o início da tarde, mas lá pelas duas e meia a fome havia nos vencido, e fomos para a cozinha preparar a nossa última refeição. Em vista da escassez de ingredientes com que tínhamos de trabalhar, uma torta de cebola era o único prato que fazia algum sentido.

Depois que nossa mistura ficou no forno pelo que pareceu um tempo suficiente, nós a tiramos de lá, pusemos na mesa e nos servimos com voracidade. Contra todas as nossas expectativas, os dois achamos delicioso. Acho que até chegamos ao ponto de dizer que era a melhor comida que havíamos provado em toda a nossa vida, mas sem dúvida foi só um artifício, uma frágil tentativa de manter nosso ânimo elevado. Depois de mastigar um pouco mais, no entanto, logo veio a frustração. De modo relutante — mas muito relutante mesmo —, fomos obrigados a reconhecer que a torta ainda não estava completamente assada, que o recheio ainda estava frio demais para ser comido. Não havia nada a fazer senão colocá-la de volta no forno por mais dez ou quinze minutos. Levando em conta a fome que estávamos sentindo, e o fato de que nossas glândulas salivares tinham acabado de ser acionadas, abdicar à torta não foi nada fácil.

A fim de reprimir a nossa impaciência, saímos da casa para dar uma volta, imaginando que o tempo iria passar mais depressa se nos afastássemos do cheiro gostoso que vinha da cozinha. Pelo que lembro, demos uma ou duas voltas em torno da casa. Talvez tenhamos começado uma conversa mais animada sobre sei lá o quê (não consigo lembrar), mas, seja lá o que tenha acontecido, e seja lá quanto tempo tenhamos ficado fora da casa, o fato é que na hora em que entramos de novo a cozinha estava cheia de fumaça. Corremos para o forno e puxamos a torta para fora, mas já era tarde demais. Nossa refeição estava morta. Tinha sido incinerada, queimada até virar uma massa carbonizada e empretecida, e não dava para salvar nem um pedacinho.

Hoje a história parece engraçada, mas na época não teve graça nenhuma. Nós havíamos caído num abismo escuro e nem eu nem ela conseguíamos imaginar um jeito de sair dele. Durante todos os anos em que batalhei para ser um homem, não creio que tenha havido um momento em que senti menos vontade de rir ou de fazer piadas. Era mesmo o fim da linha e um lugar horrível e apavorante para ficar.

Eram umas quatro da tarde. Menos de uma hora depois, o errante sr. Sugar apareceu do nada, parou o carro na frente da casa, no meio de uma nuvem de poeira, cascalho e terra, triturando tudo a seu redor. Se eu pensar com bastante força, ainda consigo ver o sorriso inocente e apatetado em seu rosto na hora em que ele saltou do carro e nos deu boa tarde. Foi um milagre. Foi um verdadeiro milagre, e eu estava lá para testemunhar com os meus próprios olhos, para vivê-lo na minha própria carne. Até aquele momento, eu pensava que essas coisas só aconteciam nos livros.

Naquela noite Sugar nos levou para jantar em um restaurante de duas estrelas. Comemos bem e copiosamente, esvaziamos várias garrafas de vinho, rimos até não aguentar mais. E no entanto, por mais deliciosa que provavelmente estivesse a comida, não consigo me lembrar de nada. Mas nunca esqueci o gosto da torta de cebola.

3

POUCO TEMPO DEPOIS que voltei para Nova York (julho de 1974), um amigo me contou a seguinte história. Ela se passa na Iugoslávia, durante o que devem ter sido os últimos meses da Segunda Guerra Mundial.

O tio de S. era membro de um grupo guerrilheiro sérvio que lutava contra a ocupação nazista. Certo dia de manhã, ele e seus camaradas acordaram e se viram cercados por tropas alemãs. Tinham sido encurralados numa casa de fazenda em algum canto do país, havia trinta centímetros de neve sobre a terra e nenhuma chance de fugir. Sem saber o que mais poderiam fazer, eles resolveram tirar a sorte. O plano era fugir correndo da casa um de cada vez, sair em disparada pela neve e ver se conseguiam se salvar. Conforme os resultados do sorteio, o tio de S. seria o terceiro.

Ele ficou olhando pela janela quando o primeiro homem correu pelo campo coberto de neve. Dispararam uma rajada de tiros de metralhadora por trás da mata e o homem foi abatido. Um instante depois, o segundo saiu correndo e a mesma coisa aconteceu. As metralhadoras crepitaram e ele tombou morto na neve.

Então era a vez do tio do meu amigo. Não sei se ele hesitou quando ficou na porta, não sei que pensamentos martelavam em sua cabeça naquele momento. A única coisa que me contaram é que ele começou a correr, disparou pela neve com toda a força de que era capaz. Pareceu correr uma eternidade. Então, sentiu de repente uma dor na perna. Um instante depois, um calor avassalador percorreu seu corpo, e no instante seguinte ele perdeu a consciência.

Quando voltou a si, ele se viu deitado de costas numa carroça de camponês. Não tinha a menor ideia de quanto tempo havia passado, a menor ideia de como tinha sido resgatado. Simplesmente abrira os olhos — e lá estava ele, deitado numa carroça que um cavalo ou uma mula puxava por uma estrada rural, e fitando a parte de trás da cabeça de um camponês. Examinou aquela cabeça durante alguns segundos, e então explosões ruidosas começaram a ressoar na mata. Fraco demais para se mexer, ele continuou olhando para aquela cabeça, e de repente ela sumiu. A cabeça simplesmente voou do corpo do camponês, e onde um momento antes havia um homem inteiro, agora havia apenas um homem sem cabeça.

Mais barulho, mais confusão. Não sei dizer se o cavalo continuou a puxar a carroça, mas alguns minutos depois, talvez segundos, um grande contingente de tropas russas avançou pela estrada. Jipes, tanques, pelotões de soldados. Quando o oficial comandante viu a perna do tio de S., mandou-o rapidamente para a enfermaria que havia sido montada ali perto. Não passava de um tosco barracão de madeira — um galinheiro, talvez, ou o galpão de alguma fazenda. Lá, o médico do exército russo diagnosticou que a perna não podia ser salva. O ferimento era grave demais, disse ele, e seria preciso amputá-la.

O tio do meu amigo começou a berrar. "Não ampute minha perna", gritou. "Por favor, eu suplico ao senhor, não corte minha perna!" Mas ninguém lhe deu ouvidos. Os enfermeiros amarraram-no à mesa de operações e o médico pegou o serrote. Quando estava prestes a romper a pele da perna com a serra, houve mais uma explosão. O telhado da enfermaria desmoronou, as paredes tombaram, a construção inteira sumiu do mapa. E mais uma vez o tio de S. perdeu a consciência.

Dessa vez, ao acordar, ele se viu deitado numa cama. Os lençóis eram limpos e macios, havia aromas gostosos no quarto e sua perna continuava presa ao corpo. Um instante depois, ele estava olhando para o rosto de uma bela jovem. Ela sorria para ele e lhe dava sopa com uma colher. Sem a menor ideia de como havia acontecido, ele tinha sido resgatado mais uma vez e levado para outra casa de fazenda. Durante alguns minutos após voltar a si, o tio de S. não tinha certeza se estava vivo ou morto. Parecia que tinha acordado no paraíso.

Ficou naquela casa durante a sua recuperação e se apaixonou pela linda jovem, mas o romance não deu em nada. Eu bem que gostaria de poder dizer por quê, mas S. nunca me contou os detalhes. O que sei é que o tio continuou com a perna — e quando a guerra terminou ele se mudou para os Estados Unidos a fim de começar uma vida nova. De alguma maneira (as circunstâncias são obscuras para mim), ele acabou se tornando corretor de seguros em Chicago.

4

L. E EU NOS CASAMOS EM 1974. Nosso filho nasceu em 1977, mas no ano seguinte nosso casamento terminou. Nada disso tem importância agora — a não ser para apresentar o pano de fundo de um incidente que se passou na primavera de 1980.

Nós dois morávamos no Brooklyn naquela época, a uns três ou quatro quarteirões um do outro, e nosso filho dividia o seu tempo entre os dois apartamentos. Certa manhã, eu tive de dar um pulo na casa de L. para pegar Daniel e levá-lo para a creche. Não consigo lembrar se entrei no edifício ou se Daniel desceu as escadas sozinho, mas recordo nitidamente que quando estávamos prestes a sair andando juntos L. abriu a janela do seu apartamento no terceiro andar e jogou um dinheiro para mim. Por que ela fez isso, eu também esqueci. Vai ver queria que eu pagasse mais um período num parquímetro para o seu carro, ou eu tinha combinado de comprar algo para ela, não sei. Tudo o que resta é a janela aberta e a imagem de uma moeda de dez centavos voando pelo ar. Eu a vejo com tal nitidez que é quase como se tivesse examinado fotografias daquele instante, como se fosse parte de um sonho recorrente que eu tivesse tido desde então.

Mas a moeda bateu no galho de uma árvore e o arco de sua queda até a minha mão foi interceptado. Ela quicou na árvore, foi pousar sem fazer barulho em algum lugar próximo e se perdeu. Lembro que me curvei e fiquei procurando a moeda na calçada, revirei as folhas e os gravetos no pé da árvore, mas ela não estava mais em parte alguma.

Consigo situar esse fato no início da primavera porque sei que mais tarde naquele mesmo dia eu fui assistir a uma partida de beisebol do estádio Shea — a partida de estreia da temporada. Um amigo tinha me oferecido os ingressos e generosamente me convidou para ir com ele. Eu nunca tinha ido a uma partida de estreia da temporada e lembro muito bem aquela ocasião.

Chegamos cedo (alguma coisa sobre pegar os ingressos num determinado guichê) e, enquanto o meu amigo se afastava um pouco para completar a transação, fiquei esperando por ele do lado de fora, numa das entradas do estádio. Não havia ninguém por perto. Eu me meti num pequeno recanto da parede para acender um cigarro (um vento forte estava soprando naquele dia) e ali, pousada no chão a menos de cinco centímetros dos meus pés, estava uma moeda de dez centavos. Eu me abaixei, peguei a moeda e a pus no bolso. Por mais ridículo que pareça, tive certeza de que era a mesma moeda que eu havia perdido no Brooklyn naquela manhã.

5

NA CRECHE DO MEU FILHO, havia uma garotinha cujos pais estavam se divorciando. Eu gostava particularmente do pai dela, um pintor esforçado que ganhava a vida fazendo desenhos para arquitetos. Suas pinturas eram muito bonitas, eu achava, mas ele nunca teve muita sorte em convencer os *marchands* a apoiar o seu trabalho. Na única vez em que ele fez uma exposição de verdade, a galeria logo fechou as portas.

B. não era um amigo íntimo, mas a gente curtia a companhia um do outro, e toda vez que eu o via voltava para casa com uma renovada admiração por sua firmeza e calma interior. B. não era desses que ficam se lamuriando e sentem pena de si mesmos. Por mais sombrias que as coisas andassem para o seu lado nos anos recentes (intermináveis problemas com dinheiro, falta de sucesso artístico, ameaças de despejo do seu senhorio, problemas com a ex-mulher), nada disso parecia tirá-lo do rumo. Continuava a pintar com a mesma paixão de sempre e, ao contrário de tantos outros, nunca manifestava a menor amargura ou inveja em relação a artistas menos talentosos e que estavam se saindo melhor do que ele.

Quando não estava trabalhando em suas próprias telas, às vezes ia ao Metropolitan e fazia cópias dos grandes mestres. Recordo um Caravaggio que ele pintou certa vez e que me impressionou como algo absolutamente notável. Mais do que uma cópia, era uma réplica, uma duplicação exata do original. Numa daquelas visitas ao museu, um milionário texano viu B. em ação e ficou tão impressionado que o contratou para copiar um quadro de Renoir — que ele depois deu de presente a sua noiva.

B. era extremamente alto (um e noventa ou um e noventa e cinco), tinha boa aparência e maneiras gentis — qualidades que o tornavam especialmente atraente para as mulheres. Assim que seu divórcio ficou para trás e ele voltou a circular, não teve dificuldade para encontrar companhia feminina. Eu só o via cerca de duas ou três vezes por ano, mas a cada vez havia uma nova mulher em sua vida. Todas estavam visivelmente doidas por ele. Bastava ver o jeito como olhavam B. e logo percebíamos como elas se sentiam, mas por alguma razão nenhum daqueles casos durou muito tempo.

Depois de dois ou três anos, o senhorio de B. finalmente levou a cabo as suas ameaças e o despejou do seu apartamento. B. se mudou para fora da cidade e perdemos contato.

Passaram mais alguns anos e então, certa noite, B. voltou à cidade para comparecer a uma festa. Minha mulher e eu também fomos e, como soubemos que B. estava prestes a se casar, pedimos que nos contasse a história de como havia conhecido a sua futura esposa.

Uns seis meses antes, disse B., ele estava conversando com um amigo por telefone. Esse amigo estava preocupado com B. e, depois de um tempo, começou a repreendê-lo por não ter se casado de novo. Já faz sete anos que você se divorciou, disse o amigo, e nesse tempo você já podia ter se casado com qualquer uma das muitas mulheres bonitas e bacanas com quem saiu. Mas nenhuma é boa o suficiente para você e você acaba se desfazendo de todas elas. Qual é o problema com você? O que é que você quer, afinal?

Não há nenhum problema comigo, disse B. Eu só não encontrei a pessoa certa, só isso.

E do jeito que está levando as coisas, não vai encontrar

nunca, respondeu o amigo. Quer dizer, alguma vez você já achou uma mulher que pelo menos se aproximasse do que você está procurando? Diga o nome de uma só. Desafio você a dizer o nome de uma.

Espantado com a veemência do amigo, B. fez uma pausa a fim de refletir cuidadosamente sobre a pergunta. Sim, respondeu afinal, houve uma. Seu nome era E., ele a conhecera quando era estudante na Universidade de Harvard, mais de vinte anos antes. Mas na época ela estava envolvida com outro homem, e ele estava envolvido com outra mulher (sua futura ex-esposa), e nada aconteceu entre os dois. B. não tinha a menor ideia de onde E. poderia estar agora, disse ele, mas se conseguisse achar alguém como ela, sabia que não hesitaria em se casar outra vez.

Esse foi o fim da conversa. Até mencionar aquela mulher para o amigo, B. não havia pensado nela nenhuma vez ao longo de mais de dez anos, mas agora que ela ressurgira em sua mente, ele não conseguia pensar em mais nada. Durante os três ou quatro dias seguintes, pensou nela constantemente, e não conseguia se desvencilhar do sentimento de que a sua única chance de felicidade se perdera muitos anos antes. Então, quase como se a intensidade daqueles pensamentos tivesse mandado um sinal pelo mundo afora, uma noite o telefone tocou e lá estava E. no outro lado da linha.

B. a manteve no telefone por mais de três horas. Mal sabia o que estava dizendo para ela, mas continuou a falar até depois da meia-noite, compreendendo que algo muito importante havia acontecido e que ele não podia deixá-la escapar outra vez.

Depois de se formar na faculdade, E. havia entrado numa companhia de dança e nos últimos vinte anos se dedicara exclusivamente à sua carreira. Nunca tinha se casado e agora que estava prestes a se aposentar da carreira de dançarina ela estava telefonando para os velhos amigos do passado, tentando refazer contato com o mundo. Não tinha família (seus pais haviam morrido num acidente de carro quando ela era criança) e tinha sido criada por duas tias, ambas já falecidas.

B. combinou de vê-la na noite seguinte. Quando se encontraram, não demorou para B. descobrir que seus sentimentos por ela eram de fato tão fortes quanto ele havia imaginado. Apaixonou-se por ela outra vez e, algumas semanas depois, eles estavam noivos.

Para deixar a história ainda mais perfeita, revelou-se que E. era rica e independente. Sua tias tinham sido ricas e, depois que morreram, ela herdou todo o dinheiro delas — o que significava não só que B. havia encontrado o seu verdadeiro amor, mas também que os seus opressivos problemas com dinheiro, que o martirizaram durante tantos anos, haviam desaparecido de uma hora para outra. Tudo de uma tacada só.

Um ou dois anos depois do casamento, tiveram um filho. Segundo as últimas informações que tive, pai, mãe e filho passavam muito bem.

6

MAIS OU MENOS NESSE MESMO ESPÍRITO, embora abrangendo um tempo mais curto (um punhado de meses, em oposição a vinte anos), um outro amigo, R., me contou sobre certo livro raro que ele vinha tentando localizar sem sucesso, vasculhando livrarias e catálogos em busca de uma obra supostamente notável, que ele queria muito ler, e como, certa tarde, enquanto andava pela cidade, ele tomou um atalho pela estação Grand Central, subiu a escada que vai dar na avenida Vanderbilt e avistou uma jovem de pé junto à balaustrada de mármore, com um livro nas mãos: o mesmo livro que ele vinha tentando localizar tão desesperadamente.

Embora não seja do tipo que costuma falar com estranhos, R. ficou espantado demais com a coincidência para conseguir permanecer calado. "Acredite ou não", disse ele à jovem, "eu tenho andado à procura desse livro por toda parte."

"Ele é maravilhoso", respondeu a jovem. "Acabei de ler neste instante."

"Sabe onde posso achar outro exemplar?", perguntou R. "Não posso nem lhe dizer o quanto isso significa para mim."

"Este aqui é para você", respondeu a mulher.

"Mas ele é seu", disse R.

"Ele *era* meu", respondeu a mulher, "mas agora eu já acabei de ler. Eu vim aqui hoje para entregá-lo a você."

7

HÁ DOZE ANOS, a irmã da minha mulher foi morar em Taiwan. Sua intenção era estudar chinês (que ela agora fala com uma fluência de tirar o fôlego) e se sustentar dando aulas de inglês para falantes nativos de chinês em Taipei. Isso aconteceu mais ou menos um ano antes de eu conhecer minha esposa, que na época fazia pós-graduação na Universidade Columbia.

Certo dia, minha futura cunhada estava conversando com uma amiga americana, uma jovem que também tinha ido para Taipei a fim de estudar chinês. A conversa rumou para as suas famílias nos Estados Unidos, o que por sua vez levou ao seguinte diálogo:

"Eu tenho uma irmã que mora em Nova York", disse a minha futura cunhada.

"Eu também", respondeu a amiga.

"Minha irmã mora no Upper West Side."

"A minha também."

"Minha irmã mora na rua 109 oeste."

"Acredite ou não, a minha também."

"Minha irmã mora no número 309 da rua 109 oeste."

"A minha também!"

"Minha irmã mora no segundo andar do número 309 da rua 109 oeste."

A amiga respirou bem fundo e disse: "Eu sei que parece loucura, mas a minha também".

É quase impossível que duas cidades sejam mais distantes uma da outra do que Taipei e Nova York. Elas estão em extremos opostos do mundo, separadas por uma distância de mais de 16 mil quilômetros, e quando é dia em uma, é noite na outra. Enquanto as duas jovens em Taipei se deliciavam com a espantosa ligação que haviam acabado de descobrir, se deram conta de que provavelmente suas irmãs estavam dormindo naquele momento. No mesmo andar do mesmo edifício no norte de Manhattan, cada uma estava dormindo em seu próprio apartamento, sem saber que suas irmãs conversavam sobre elas do outro lado do mundo.

Embora fossem vizinhas, descobriu-se que as duas irmãs em Nova York não se conheciam. Quando afinal se encontraram (dois anos depois), nenhuma delas morava mais naquele edifício.

Siri e eu já estávamos casados. Certa noite, indo a um compromisso em algum lugar, calhou de pararmos numa livraria na Broadway para folhear uns livros por alguns minutos. Devemos ter entrado em corredores diferentes, e, porque Siri quisesse me mostrar alguma coisa, ou porque eu quisesse lhe mostrar alguma coisa (não consigo lembrar), um de nós chamou o nome do outro em voz alta. Um segundo depois, uma mulher veio correndo em nossa direção. "Vocês são Paul Auster e Siri Hustvedt, não são?", disse ela. "Sim", respondemos, "somos nós mesmos. Como foi que você descobriu?" A mulher explicou que sua irmã e a irmã de Siri tinham estudado juntas em Taiwan.

O círculo havia finalmente se fechado. Desde aquela noite na livraria, há dez anos, essa mulher tem sido uma de nossas melhores e mais fiéis amigas.

8

TRÊS VERÕES ATRÁS, apareceu uma carta na minha caixa de correio. Ela veio num envelope branco e retangular e estava endereçada a alguém cujo nome me era desconhecido: Robert M. Morgan, de Seattle, Washington. Diversos carimbos de correio estavam estampados na frente: *Não encontrado, Destinatário não localizado, Devolver ao remetente.* O nome do senhor Morgan tinha sido riscado com uma caneta e a seu lado alguém tinha escrito *Não localizado neste endereço.* Desenhada com a mesma caneta azul, uma seta apontava para o canto superior esquerdo do envelope, acompanhada pelas palavras *Devolver ao remetente.* Supondo que o correio havia cometido um engano, verifiquei o canto superior esquerdo para ver quem era o remetente. Ali, para o meu total assombro, descobri o meu próprio nome e o meu próprio endereço. E mais: essa informação estava impressa numa etiqueta de endereço feita por encomenda (dessas etiquetas que a gente pode encomendar em lotes de duzentas pelos anúncios que vêm nos invólucros das caixas de fósforos). A grafia do meu nome estava correta, o endereço era o meu endereço — no entanto o fato é (e continua a ser) que eu nunca, em toda a minha vida, havia possuído nem encomendado um lote de etiquetas impressas com o meu endereço.

Dentro, havia uma carta datilografada em espaço simples que começava assim: "Caro Robert, em resposta à sua carta datada de 15 de julho de 1989, só posso dizer que, como outros autores, frequentemente recebo cartas relativas à minha obra". Em seguida, num estilo bombástico e pretensioso, coalhado de citações de filósofos franceses e impregnado por um tom de vaidade e autocomplacência, o autor da carta passava a elogiar "Robert" pelas ideias que ele havia desenvolvido a respeito de um dos meus romances num curso de faculdade sobre o romance contemporâneo. Era uma carta desprezível, o tipo de carta que eu jamais sonharia em escrever para ninguém, e no entanto estava assinada com o meu nome. A caligrafia não se parecia com a minha, mas isso não era um grande consolo. Existia alguém em algum lugar tentando se passar por mim, e, até onde eu sei, ainda existe.

Um amigo sugeriu que aquilo era um exemplo de "arte postal". Sabendo que a carta não poderia ser entregue a Robert Morgan (pois tal pessoa não existia), o autor da carta estava na verdade dirigindo seus comentários a mim. Mas isso pressupunha uma fé injustificável no Serviço Postal dos Estados Unidos, e eu duvido que alguém que se desse ao trabalho de encomendar etiquetas de endereços com o meu nome e depois sentar-se para escrever uma carta tão petulante e metida a besta fosse capaz de deixar qualquer coisa por conta do acaso. Ou seria? Talvez os sabichões deste mundo acreditem que tudo vai andar sempre do jeito que eles querem.

Tenho muito pouca esperança de um dia chegar ao fundo desse pequeno mistério. O gozador fez um bom trabalho ao apagar suas pegadas e desde então nunca mais se soube dele. O que me intriga no meu próprio comportamento é que eu não tenha jogado fora a carta, muito embora ela continue a me dar arrepios toda vez que olho para ela. Um homem sensato já teria atirado a coisa no lixo. Em vez disso, por razões que não compreendo, mantive a carta na minha mesa de trabalho durante os últimos três anos, deixando que se tornasse um item permanente entre as minhas canetas, cadernos e borrachas. Talvez eu a conserve como um monumento à minha própria loucura. Talvez seja um modo de lembrar a mim mesmo que não sei nada, que o mundo onde vivo continuará me escapando eternamente.

9

UM DOS MEUS AMIGOS mais íntimos é um poeta francês chamado C. Já nos conhecemos há mais de vinte anos, e embora não nos vejamos com frequência (ele mora em Paris e eu em Nova York), o vínculo entre nós continua forte. É um vínculo fraternal, de certo modo, como se em alguma vida passada tivéssemos de fato sido irmãos.

C. é um homem de múltiplas contradições. É aberto para o mundo e também isolado dele, uma figura carismática com numerosos amigos em toda parte (legendário por sua bondade, por seu humor, por sua conversa brilhante), e contudo é uma pessoa ferida pela vida, que sofre para cumprir as tarefas simples que a maioria das pessoas tira de letra. Poeta e pensador sobre a poesia excepcionalmente dotado, C. é tolhido, no entanto, por frequentes bloqueios criativos, mórbidas crises de insegurança e, de forma surpreendente (para alguém que é tão generoso, tão profundamente isento de maldade), por uma predisposição para brigas e rancores duradouros, em geral por causa de alguma ninharia ou de algum princípio abstrato. Ninguém é mais universalmente admirado do que C., ninguém tem mais talento, ninguém consegue ocupar tão prontamente o centro das atenções, e no entanto ele sempre fez tudo o que estava a seu alcance para se marginalizar. Desde que se separou da mulher, há muitos anos, ele tem vivido sozinho, em uma série de pequenos apartamentos de um só cômodo, se virando quase sem nenhum dinheiro e com apenas um ou outro emprego passageiro, publicando pouco, recusando-se a escrever qualquer palavra de crítica literária, muito embora leia tudo e conheça mais sobre poesia contemporânea do que qualquer outra pessoa na França. Para aqueles de nós que o amamos (e somos muitos), C. é muitas vezes motivo de apreensão. Na mesma medida em que o respeitamos e nos interessamos pelo seu bem-estar, também nos preocupamos com ele.

C. teve uma infância difícil. Não posso dizer até que ponto isso explica alguma coisa, mas os fatos não devem ser negligenciados. Seu pai, ao que parece, fugiu com outra mulher quando C. era criança e depois disso o meu amigo foi criado pela mãe, um filho único sem nenhuma vida em família para contar. Nunca conheci a mãe de C., mas, por tudo o que eu soube, é uma personalidade bizarra. Ela teve uma série de casos de amor durante a infância e a adolescência de C., sempre com um homem mais jovem do que o anterior. Na época em que C. saiu de casa para entrar no exército, aos vinte e um anos de idade, o namorado da mãe era só um pouco mais velho do que ele. Em anos mais recentes, o objetivo central da vida dela tem sido uma campanha para promover a canonização de um certo padre italiano (cujo nome agora me escapa). Ela importunou as autoridades católicas com inúmeras cartas em defesa da santidade desse homem e, a certa altura, chegou a contratar um artista para criar uma estátua do padre em tamanho natural — que agora está no jardim na entrada da casa dela, como um duradouro testemunho de sua causa.

Embora não seja pai, C. virou uma espécie de pseudopai, sete ou oito anos atrás. Depois de uma briga com a namorada (durante a qual eles ficaram temporariamente separados), ela teve um breve caso com outro homem e ficou grávida. O caso terminou quase em seguida, mas ela resolveu ter o filho por conta própria. Nasceu uma menina e, embora C. não seja seu verdadeiro pai, dedicou-se a ela desde o dia do seu nascimento e a adora como ela se fosse de sua própria carne e sangue.

Um dia, há mais ou menos quatro anos, calhou de C. estar visitando um amigo. No apartamento, havia um Minitel, um pequeno computador distribuído gratuitamente pela companhia telefônica francesa. Entre outras coisas, o Minitel contém o telefone e o endereço de todo mundo na França. Enquanto C. estava ali sentado brincando com a nova máquina de seu amigo, de repente lhe ocorreu procurar o endereço de seu pai. Ele o encontrou em Lyon. Quando voltou para casa, mais tarde, naquele mesmo dia, enfiou um dos seus livros num envelope e mandou-o para o endereço em Lyon — iniciando o primeiro contato com o pai em mais de quarenta anos. Nada daquilo fazia nenhum sentido para C. Até ele se ver fazendo aquilo, nunca havia sequer passado por sua cabeça que quisesse fazer algo semelhante.

Na mesma noite, encontrou uma outra amiga num café — uma psicanalista — e lhe contou sobre aqueles gestos estranhos, irrefletidos. Era como se tivesse sentido o pai chamando por ele, disse, como se uma força misteriosa tivesse se desencadeado dentro dele. Levando em conta que não tinha absolutamente nenhuma lembrança do pai, não podia sequer imaginar quando os dois teriam se visto pela última vez.

A mulher pensou por um momento e disse: "Quantos anos tem L.?", referindo-se à filha da namorada de C.

"Três e meio", respondeu C.

"Não posso ter certeza", disse a mulher, "mas eu podia apostar que você tinha três anos e meio na última vez em que viu o seu pai. Digo isso porque você ama muito L. Sua identificação com ela é muito forte e você está revivendo a sua vida através dela."

Alguns dias depois, chegou uma resposta de Lyon — uma carta afetuosa e muito cordial do pai de C. Depois de agradecer pelo livro, ele contava como tinha ficado orgulhoso de saber que seu filho havia se tornado escritor. Por mera coincidência, ele acrescentava, o envelope havia sido despachado no dia do seu aniversário, e ele ficou bastante comovido com o simbolismo do gesto.

Nada disso condizia com as histórias que C. tinha ouvido na infância. Segundo sua mãe, o pai era um monstro de egoísmo que tinha fugido de casa com uma "piranha" e nunca quisera saber do filho. C. acreditara naquelas histórias e por isso havia se esquivado de todo e qualquer contato com o pai. Agora, diante da força daquela carta, ele não sabia mais o que pensar.

Decidiu escrever uma resposta. O tom de sua carta foi contido, mas assim mesmo era uma resposta. Dias depois, recebeu uma réplica, e a segunda carta era tão afetuosa e cordial quanto a primeira. C. e o pai começaram a se corresponder. A troca de cartas se prolongou durante um ou dois meses e, por fim, C. começou a pensar em fazer uma viagem até Lyon para encontrar o pai em pessoa.

Antes que pudesse fazer qualquer plano definitivo, ele recebeu uma carta da mulher do pai informando que este falecera. Havia alguns anos que sua saúde andava mal, escreveu ela, mas a recente troca de cartas com C. lhe trouxera uma grande felicidade e os seus últimos dias tinham sido cheios de otimismo e alegria.

Foi naquele momento que eu soube, pela primeira vez, das incríveis guinadas ocorridas na vida de C. No trem de Paris para Lyon (a caminho do primeiro encontro com a sua "madrasta"), ele me escreveu uma carta em que fazia um relato resumido do último mês. Sua letra refletia cada solavanco dos trilhos, como se a velocidade do trem fosse uma imagem exata dos pensamentos que giravam em sua mente. Como ele escreveu em certo trecho da carta: "Eu me sinto como se tivesse virado um personagem de um dos seus romances".

A madrasta não poderia ter sido mais simpática durante aquela visita. Entre outras coisas, C. soube que o pai tinha sofrido um ataque do coração na manhã do seu último aniversário (o mesmo dia em que C. tinha localizado o endereço dele no Minitel) e que, sim, C. tinha exatamente três anos e meio na época em que os pais se divorciaram. Então sua madrasta lhe contou a história da vida dele do ponto de vista de seu pai — a qual contradizia tudo o que a mãe lhe havia contado. Nessa nova versão, era a mãe que tinha largado o pai; era a mãe que havia proibido o pai de ver o filho; era a mãe que havia partido o coração do pai. Ela contou a C. como seu pai ficava rondando o jardim de infância quando ele era pequeno para vê-lo através da cerca. C. lembrava-se daquele homem, mas, sem saber quem era, tinha ficado com medo.

A vida de C., agora, se tornara duas vidas. Havia a versão a e a versão b, e ambas eram a sua história. Ele tinha vivido as duas na mesma medida, duas verdades que se anulavam mutuamente, e o tempo todo, sem sequer saber disso, ele estivera imprensado entre uma e outra.

Seu pai fora proprietário de uma pequena papelaria (o costumeiro estoque de papéis e material de escritório, com uma loja de aluguel de livros populares). O negócio lhe permitira ganhar a vida, mas pouco mais do que isso, e a herança que ele deixava era muito modesta. Os números, porém, não são importantes. O que conta é que a madrasta de C. (a essa altura, uma pessoa idosa) fez questão de dividir o dinheiro com ele meio a meio. Não havia nada no testamento que a obrigasse a fazer isso e, moralmente falando, ela não precisava abrir mão de nenhum centavo das economias do marido. Ela fez isso porque quis, porque a deixava mais feliz dividir o dinheiro do que guardá-lo para si.

10

QUANDO PENSO SOBRE A AMIZADE, particularmente em como certas amizades duram e outras não, eu me lembro que, desde que comecei a dirigir, só tive quatro pneus furados e, em todas essas ocasiões, a mesma pessoa estava no carro comigo (em três países diferentes, num período de oito ou nove anos). J. era um colega de faculdade e, embora sempre tenha havido certa dose de conflito e dificuldade em nossas relações, por algum tempo fomos próximos. Certa primavera, quando ainda éramos estudantes universitários, pegamos emprestada a velha caminhonete do meu pai e fomos dirigindo até as terras inóspitas do Quebec. As estações mudam mais devagar naquela parte do mundo, e o inverno ainda não havia terminado. O primeiro pneu furado não trouxe problemas (estávamos equipados com um estepe), mas quando um segundo pneu estourou, menos de uma hora depois, ficamos presos naquela região deserta e gelada durante boa parte do dia. Na época, eu fiz pouco caso do incidente, como se fosse apenas um golpe de azar, mas quatro ou cinco anos depois, quando J. veio à França visitar a casa onde L. e eu estávamos trabalhando como caseiros (em condições de penúria, prostrados de depressão e autopiedade, sem imaginar que ele iria abusar de nossa hospitalidade), a mesma coisa aconteceu. Fomos passar o dia em Aix-en-Provence (uma viagem de duas horas de carro) e ao voltar, à noite, numa estradinha rural escura, mais um pneu furou. Pura coincidência, pensei, e logo apaguei aquele evento da memória. Mas então, quatro anos mais tarde, nos meses de declínio do meu casamento com L., J. veio nos visitar de novo

— dessa vez no estado de Nova York, onde L. e eu morávamos, com Daniel ainda bebê. A certa altura, J. e eu entramos no carro para ir à mercearia fazer compras para o jantar. Tirei o carro da garagem, manobrei na saída de terra batida e avancei para a margem da estrada a fim de olhar para a esquerda, para a direita, e para a esquerda de novo, antes de ir em frente. No exato instante em que eu esperava um carro passar, ouvi o inconfundível chiado do ar escapando. Mais um pneu furado, e dessa vez nem havíamos saído de casa. J. e eu rimos juntos, é claro, mas a verdade é que nossa amizade nunca mais se recuperou depois daquele quarto pneu furado. Não estou dizendo que os pneus furados foram os responsáveis por nosso afastamento, mas de uma forma estranha eles foram um emblema de como as coisas sempre tinham sido entre nós, a marca de alguma inescrutável maldição. Não quero exagerar, mas mesmo agora não consigo realmente enxergar aqueles pneus furados como coisas sem importância. Pois o fato é que J. e eu perdemos o contato e não nos falamos há mais de dez anos.

11

EM 1990, eu me vi em Paris outra vez, por alguns dias. Uma tarde, passei no escritório de uma amiga para dar um alô e fui apresentado a uma mulher tcheca que devia ter por volta de cinquenta anos — uma historiadora da arte que era amiga da minha amiga. Era uma pessoa atraente e animada, eu me lembro, mas como ela estava prestes a sair na hora em que cheguei, não fiquei mais do que cinco ou dez minutos em sua companhia. Como geralmente acontece nessas situações, não falamos sobre nada importante: uma cidade que nós dois conhecíamos nos Estados Unidos, o tema de um livro que ela estava lendo, o tempo. Em seguida, apertamos as mãos, ela saiu pela porta e nunca mais a vi.

Depois que ela foi embora, a amiga que eu tinha ido visitar reclinou-se em sua cadeira e disse: "Quer ouvir uma boa história?".

"Claro", respondi. "Sempre estou interessado em boas histórias."

"Gosto muito da minha amiga", prosseguiu ela, "portanto não vá me entender mal. Não estou tentando espalhar fofoca sobre ela. É só que eu sinto que você tem o direito de saber disso."

"Tem certeza?"

"Sim, tenho certeza. Mas você tem de me prometer uma coisa. Se um dia escrever essa história, não deve usar o nome de ninguém."

"Prometo", respondi.

E assim minha amiga me colocou a par do segredo. Do

início até o fim, ela não deve ter levado mais de três minutos para me relatar a história que vou contar agora.

A mulher que eu tinha acabado de conhecer nascera em Praga durante a guerra. Quando ela ainda era bebê, seu pai foi preso, incorporado à força no exército alemão e embarcado para o *front* russo. Ela e sua mãe nunca mais souberam dele. Não receberam nenhuma carta, nehuma notícia dizendo se ele estava vivo ou morto, nada. A guerra simplesmente engoliu o pai dela, e ele desapareceu sem deixar vestígios.

Os anos passaram. A garota cresceu. Completou os estudos na universidade e se tornou professora de história da arte. Segundo minha amiga, ela teve problemas com o governo durante a repressão soviética no final dos anos sessenta, mas exatamente que tipo de problema nunca ficou claro para mim. Em vista das histórias que conheço sobre o que aconteceu com outras pessoas durante aquele período, não é muito difícil imaginar.

A certa altura, ela teve permissão para começar a lecionar outra vez. Numa de suas turmas, havia um estudante de intercâmbio, vindo da Alemanha Oriental. Ela e esse jovem se apaixonaram e acabaram se casando.

Pouco depois do casamento, chegou um telegrama anunciando a morte do pai de seu marido. No dia seguinte, ela e o marido viajaram para a Alemanha Oriental para assistir ao enterro. Uma vez lá, não sei em que cidade ou povoado, ela soube que seu falecido sogro nascera na Tchecoslováquia. Durante a guerra, ele tinha sido preso pelos nazistas, incorporado à força no exército alemão e embarcado para o *front* russo. Por algum milagre, ele tinha conseguido sobreviver. Porém, em vez de voltar para a Tchecoslováquia depois da guerra, ele se estabelecera na Alemanha com outro nome, casara-se com uma alemã e vivera lá com a nova família até o dia de sua morte. A guerra lhe havia proporcionado uma chance de recomeçar e parece que ele nunca olhara para trás.

Quando a amiga da minha amiga perguntou qual era o nome daquele homem na Tchecoslováquia, compreendeu que era o seu pai.

O que significava, é claro, que como ele era também o pai do seu marido, o homem com quem ela havia casado era também o seu irmão.

12

UMA TARDE, há muitos anos, o carro do meu pai morreu num sinal fechado. Estava caindo uma tempestade tremenda e, no exato momento em que o motor pifou, um raio atingiu uma grande árvore na beira da rua. O tronco da árvore se partiu ao meio e, enquanto meu pai pelejava para fazer o carro pegar outra vez (sem saber que a parte de cima da árvore estava prestes a desabar), o motorista do carro de trás, vendo o que ia acontecer, pôs o pé no acelerador e empurrou o carro do meu pai para além do cruzamento. Um instante depois, a árvore se espatifou contra o chão, batendo exatamente no lugar onde o carro do meu pai estava um segundo antes. O que chegou muito perto de ser o seu fim, acabou sendo apenas um perigo do qual ele escapou por um triz, um breve episódio no fluxo contínuo de sua vida.

Um ou dois anos depois disso, meu pai estava trabalhando no telhado de um prédio em Jersey City. De algum jeito (eu não estava lá para presenciar), ele escorregou e começou a cair em direção ao chão. Mais uma vez, ele estava à beira de um desastre certo, e mais uma vez foi salvo. Uma corda de varal amorteceu sua queda e ele escapou do acidente só com algumas escoriações e hematomas. Nem sequer uma concussão. Nem um único osso quebrado.

Naquele mesmo ano, nossos vizinhos do outro lado da rua contrataram dois homens para pintar sua casa. Um dos operários caiu do telhado e morreu.

A garotinha que morava naquela casa era a melhor amiga da minha irmã. Certa noite de inverno, as duas foram a uma festa à fantasia (elas tinham seis ou sete anos de idade, eu tinha nove ou dez). Tinha sido combinado que meu pai iria buscá-las depois da festa, e quando chegou a hora eu fui junto para lhe fazer companhia. Fazia um frio de rachar naquela noite, e as ruas estavam cobertas por traiçoeiras placas de gelo. Meu pai dirigiu com cuidado e fizemos a viagem de ida e volta sem nenhum contratempo. Quando paramos em frente à casa da menina, porém, aconteceu uma série de fatos improváveis, todos de uma vez.

A amiga da minha irmã estava vestida de princesa de conto de fadas. Para completar a fantasia, ela tinha pegado um par de sapatos de salto alto da sua mãe, e como seus pés ficavam sambando dentro dos sapatos, cada passo que ela dava era uma aventura. Meu pai parou o carro e desceu para acompanhá-la até a porta de casa. Eu estava no banco de trás com as meninas e, para deixar a amiga da minha irmã sair, tive de sair primeiro. Lembro que fiquei parado junto ao meio-fio enquanto ela se esforçava para se levantar do banco, e assim que ela pôs os pés do lado de fora percebi que o carro estava se movendo lentamente para trás — ou por causa do gelo, ou porque meu pai tinha se esquecido de puxar o freio de mão (não sei) —, mas antes que eu pudesse avisar meu pai o que estava acontecendo, a amiga da minha irmã resvalou no meio-fio com os sapatos de salto alto da mãe e escorregou. Ela começou a deslizar para baixo do carro — que continuava se movendo — e lá estava ela, prestes a ser esmagada e morrer debaixo das rodas do Chevy do meu pai. Pelo que me lembro, ela não fez nenhum barulho. Sem parar para pensar, eu me agachei no meio-fio, agarrei a sua mão direita e, com um gesto rápido, puxei-a para a calçada. Um instante depois, meu pai finalmente percebeu que o carro estava se mexendo. Ele pulou de volta para o banco do motorista, pisou no freio e fez o carro parar. Do início ao fim, toda a cadeia de desventuras não deve ter levado mais de oito ou dez segundos.

Depois disso, durante anos, sempre tive a sensação de que aquele havia sido o meu melhor momento. Eu tinha realmente salvado a vida de uma pessoa e, em retrospecto, sempre fiquei espantado com a rapidez com que agi, com a segurança dos meus movimentos no momento crítico. Em pensamento, eu via e revia o instante do resgate inúmeras vezes; inúmeras vezes revivia a sensação de puxar aquela menina antes que a roda do carro a esmagasse.

Uns dois anos depois daquela noite, nossa família se mudou para outra casa. Minha irmã perdeu contato com a amiga e eu mesmo não a encontrei mais durante quinze anos.

Era junho e a minha irmã e eu tínhamos voltado à cidade para uma breve visita. Por puro acaso, sua velha amiga passou para dar um alô. Ela era uma adulta agora, uma jovem de vinte e dois anos, que se formara na faculdade no início daquele mesmo mês, e devo dizer que senti certo orgulho ao ver que ela tinha chegado inteira à maioridade. De um jeito meio casual, mencionei a noite em que eu a salvara. Estava curioso por saber quanto ela se lembrava do seu encontro com a morte, mas pela cara que ela fez quando perguntei sobre o assunto, ficou claro que não se lembrava de nada. Um olhar vazio. Um leve franzir de sobrancelhas. Um dar de ombros. Ela não se lembrava de nada!

Então me dei conta de que ela não percebera que o carro estava em movimento. Ela nem chegara a saber que estava em perigo. Todo o incidente ocorrera num piscar de olhos: dez segundos de sua vida, um intervalo insignificante, e nada daquilo tinha deixado a menor marca em sua vida. Para mim, por outro lado, aqueles segundos foram uma experiência decisiva, um acontecimento único em minha história interior.

Acima de tudo, me espanta reconhecer que estou falando de uma coisa ocorrida em 1956 ou 1957 — e que a menina daquela noite tenha agora mais de quarenta anos de idade.

13

MEU PRIMEIRO ROMANCE foi inspirado num engano ao telefone. Eu estava sozinho em meu apartamento no Brooklyn à uma tarde, sentado à escrivaninha e tentando trabalhar, quando o telefone tocou. Se não estou enganado, era a primavera de 1980, não muitos dias depois de eu ter encontrado a moeda de dez centavos em frente ao estádio Shea.

Atendi o telefone e o homem do outro lado da linha perguntou se estava falando com a Agência de Detetives Pinkerton. Respondi que não, ele tinha discado o número errado, e desliguei. Depois voltei ao trabalho e na mesma hora esqueci o telefonema.

Na tarde seguinte, o telefone tocou outra vez. Era a mesma pessoa do dia anterior, fazendo a exata mesma pergunta: "É da Agência Pinkerton?". De novo respondi que não, e de novo desliguei. Dessa vez, porém, comecei a pensar no que teria acontecido se eu dissesse que sim. O que teria acontecido se eu fingisse ser um detetive da Agência Pinkerton? Fiquei imaginando. E se eu tivesse de fato aceitado o caso?

Para dizer a verdade, senti que havia desperdiçado uma oportunidade rara. Se o homem telefonasse outra vez, eu disse a mim mesmo, pelo menos conversaria com ele um pouco e tentaria descobrir o que estava acontecendo. Esperei o telefone tocar de novo, mas a terceira ligação nunca veio.

Depois disso, as engrenagens começaram a rodar em minha mente e, pouco a pouco, todo um mundo de possibilidades se abriu para mim. Quando me sentei para escrever *Cidade de vidro*, um ano depois, o engano ao telefone tinha se transformado no evento crucial do livro, o equívoco que põe toda a história em movimento. Um homem chamado Quinn recebe um telefonema de alguém que quer falar com Paul Auster, o detetive particular. Assim como eu fiz, Quinn responde que a pessoa discou o número errado. Na noite seguinte, acontece outra vez, e outra vez Quinn desliga. No entanto, ao contrário de mim, é dada a Quinn uma nova oportunidade. Quando, na terceira noite, o telefone volta a tocar, ele leva o jogo adiante, se faz passar pelo detetive e aceita o caso. Sim, diz ele, é Paul Auster — e nesse momento começa a loucura.

Acima de tudo, eu queria permanecer fiel a meu impulso original. A menos que eu me ativesse ao espírito do que havia de fato acontecido, sentia que não haveria nenhum propósito em escrever o livro. Isso significava envolver a mim mesmo na ação da história (ou pelo menos alguém que se parecesse comigo, que tivesse o meu nome), e também significava escrever sobre detetives que não eram detetives, sobre fingir ser outra pessoa, sobre mistérios que não podem ser resolvidos. Para o bem ou para o mal, eu senti que não tinha escolha.

Muito bem. Terminei o livro dez anos atrás e, desde então, passei a me ocupar com outros projetos, outras ideias, outros livros. Há menos de dois meses, no entanto, compreendi que os livros nunca estão terminados, que é possível que as histórias continuem se escrevendo por si mesmas, sem um autor.

Naquela tarde, eu estava sozinho em meu apartamento no Brooklyn, sentado à escrivaninha e tentando trabalhar, quando o telefone tocou. Era um outro apartamento, e não aquele onde eu morava em 1980 — outro apartamento, com outro número de telefone. Atendi o telefone e o homem do outro lado da linha perguntou se podia falar com o senhor Quinn.

Ele tinha sotaque espanhol e eu não reconheci sua voz. Por um momento, pensei que podia ser um dos meus amigos querendo me pregar uma peça. "Senhor Quinn?", perguntei. "Isso é alguma piada ou o quê?"

Não, não era piada. O homem estava falando muito sério. Precisava falar com o senhor Quinn e me pediu por favor que passasse o telefone para ele. Só para ter certeza, pedi que soletrasse o nome. Seu sotaque era bem carregado e eu tinha esperanças de que ele quisesse falar com algum senhor Queen. Mas não tive essa sorte. "Q-U-I-N-N", respondeu o homem. De repente, fiquei apavorado e por um ou dois segundos não consegui fazer as palavras saírem da minha boca. "Desculpe", disse afinal, "não existe nenhum senhor Quinn aqui. Você discou o número errado." O homem pediu desculpas por me incomodar e nós dois desligamos.

Isso realmente aconteceu. Como tudo o mais que escrevi neste caderno vermelho, é uma história verídica.

POR QUE ESCREVER?

1

UMA AMIGA ALEMÃ me contou as circunstâncias que precederam o nascimento de suas duas filhas.

Há dezenove anos, imensamente grávida e já com algumas semanas além do prazo, A. sentou-se no sofá de sua sala e ligou a televisão. Por um lance de sorte, estavam começando a passar os créditos de abertura de um filme. Era *Uma cruz à beira do abismo*, um drama de Hollywood da década de 1950 com Audrey Hepburn. Contente com a distração, A. se pôs a ver o filme e logo ficou envolvida por ele. Porém, no meio do filme, entrou em trabalho de parto. O marido a levou de carro ao hospital e ela nunca soube como o filme terminava.

Três anos depois, grávida da segunda filha, A. se sentou no sofá e ligou a televisão outra vez. Outra vez estava passando um filme e, outra vez, era *Uma cruz à beira do abismo*, com Audrey Hepburn. Ainda mais notável (e A. foi muito enfática nesse ponto), ela pegou o filme no momento exato em que tinha parado de ver, três anos antes. Dessa vez ela pôde ver o filme até o fim. Menos de quinze minutos depois, sua bolsa estourou e ela foi para o hospital dar à luz pela segunda vez.

A. só teve essas duas filhas. O primeiro parto foi extremamente difícil (minha amiga quase não resistiu e ficou doente durante vários meses), mas o segundo correu tranquilamente, sem nenhum tipo de complicação.

2

CINCO ANOS ATRÁS, passei o verão com minha mulher e meus filhos em Vermont, onde aluguei uma velha casa de fazenda, isolada no topo de uma montanha. Certo dia, uma mulher de uma cidade próxima parou para nos visitar com seus dois filhos, uma menina de quatro anos e um menino de dezoito meses. Minha filha Sophie tinha acabado de fazer três anos e ela e a menina gostaram de brincar juntas. Minha esposa e eu nos sentamos na cozinha com a nossa visita e as crianças saíram para se divertir.

Cinco minutos depois, ouviu-se um estrondo. O garotinho tinha escapulido para o hall de entrada, no outro extremo da casa, e como minha esposa tinha posto um vaso de flores ali duas horas antes, não foi difícil imaginar o que havia acontecido. Nem precisei olhar para saber que o chão estava coberto de cacos de vidro e poças d'água — junto com hastes e pétalas de uma dúzia de flores espalhadas.

Fiquei aborrecido. Malditas crianças, pensei comigo. Maldita gente com suas malditas crianças estabanadas. Quem lhes deu o direito de aparecer sem telefonar primeiro?

Disse a minha esposa que iria arrumar a bagunça e assim, enquanto ela e nossa visita continuavam a conversar, peguei uma vassoura, uma pá de lixo e alguns panos de chão e caminhei até a entrada da casa.

Minha mulher havia colocado as flores sobre um baú de madeira que ficava bem debaixo do corrimão da escada. Essa escada era especialmente íngreme e estreita, e havia uma janela ampla a não mais de um metro do primeiro degrau. Menciono a geografia porque ela é importante. A disposição das coisas tem tudo a ver com o que aconteceu em seguida.

Eu já tinha mais ou menos terminado o trabalho de limpeza quando minha filha saiu correndo de seu quarto no segundo andar rumo ao patamar da escada. Eu me encontrava perto o bastante do pé da escada para vê-la de relance (uns dois passos para trás e ela teria ficado fora do meu campo de visão) e, naquele breve momento, vi que ela estava com aquela expressão animada, completamente feliz, que encheu minha meia-idade de uma alegria irresistível. Então, um instante depois, antes que eu sequer pudesse dizer olá, ela tropeçou. A ponta do seu tênis prendeu no patamar da escada e, de repente, sem nenhum grito ou aviso, ela estava flutuando no ar. Não estou querendo sugerir que ela estivesse caindo, rolando ou descendo a escada aos trambolhões. Quero dizer que ela estava voando. O impacto da topada simplesmente a lançou no espaço, e pela trajetória do seu voo pude ver que ela rumava direto para a janela.

O que eu fiz? Não sei o que fiz. Eu estava do lado errado do corrimão quando vi o seu tropeço, mas no momento em que ela estava a meio caminho entre o patamar e a janela, eu já estava parado no primeiro degrau da escada. Como foi que cheguei lá? Era uma questão de não mais que alguns passos, mas parece quase impossível cobrir aquela distância naquele espaço de tempo — que é quase tempo nenhum. Porém eu estava lá, e assim que cheguei lá, ergui os olhos, abri os braços e a segurei.

3

EU TINHA CATORZE ANOS. Pelo terceiro ano seguido, meus pais me mandaram para um acampamento de verão no estado de Nova York. Eu passava a maior parte do tempo jogando beisebol e basquete, mas como era um acampamento misto, havia também outras atividades: festinhas noturnas, os primeiros amassos estabanados com garotas, invasões do alojamento das meninas para saquear calcinhas, as bobagens de costume dos adolescentes. Também me lembro de fumar charutos baratos às escondidas, ficar pulando em cima do colchão e travar grandes batalhas de balões d'água.

Nada disso tem importância. Quero apenas sublinhar como catorze pode ser uma idade vulnerável. A gente não é mais criança, mas também ainda não é adulto, a gente fica com um pé lá e outro cá, dividido entre quem a gente foi e quem a gente está para se tornar. No meu caso, eu ainda era jovem o bastante para achar que tinha uma chance real de vir a jogar nas grandes ligas do beisebol profissional, mas já era velho o suficiente para questionar a existência de Deus. Tinha lido o Manifesto Comunista e no entanto ainda curtia os desenhos animados no sábado de manhã. Cada vez que via meu rosto no espelho, eu tinha a impressão de estar olhando para uma pessoa diferente.

Havia dezesseis ou dezessete meninos no meu grupo. A maioria já se conhecia havia alguns anos, mas dois ou três novatos haviam se unido a nós naquele verão. Um deles se chamava Ralph. Era um garoto quieto, sem muito entusiasmo por dribles de basquete nem por jogadas de beisebol, e apesar de ninguém o chatear muito, ele tinha dificuldade em se enturmar. Ele fora reprovado em algumas matérias naquele ano e passava a maior parte do tempo livre tendo aulas particulares com um dos monitores. Ele era um pouco triste e eu tinha pena dele — mas não muita pena, não a ponto de perder meu sono por causa disso.

Nossos monitores eram todos alunos universitários do Brooklyn e de Queens. Craques do basquete, futuros dentistas, contadores e professores, garotos da cidade até a medula. Como a maioria dos verdadeiros nova-iorquinos, eles insistiam em chamar a terra de "chão", mesmo quando tudo o que tinham sob os pés era capim, pedrinhas e barro. Os procedimentos de um acampamento tradicional eram para eles algo tão estranho quanto o metrô de Nova York para um fazendeiro do Iowa. Canoas, cordas, escalar montanhas, armar barracas, cantar em volta da fogueira estavam longe de figurar no seu elenco de preocupações. Eles eram capazes de nos treinar nas melhores maneiras de completar certas jogadas do beisebol e nos macetes para aproveitar um rebote no basquete, mas tirando isso gastavam a maior parte do tempo com brincadeiras bobas e contando piadas velhas.

Imaginem a nossa surpresa, então, quando uma tarde nosso monitor anunciou que faríamos uma caminhada pelas montanhas. Ele tinha sido tomado por uma inspiração repentina e não ia deixar que ninguém o fizesse mudar de ideia. Chega de basquete, disse. A gente está cercado pela natureza e já é hora de tirar alguma vantagem disso e começar a agir feito verdadeiros campistas — ou algo parecido. E assim, logo depois da sesta, todo o bando de dezesseis ou dezoito garotos, com dois ou três monitores, partiu para a mata.

Era o final de julho de 1961. Todo mundo estava num estado de espírito bastante animado, eu me lembro, e depois de mais ou menos meia hora de trilha a maioria concordava que o passeio tinha sido uma boa ideia. Ninguém tinha bússola, é claro, nem a menor noção de para onde estávamos indo, mas todo mundo estava curtindo muito, e se por acaso a gente se perdesse, que diferença faria? Mais cedo ou mais tarde, a gente acabaria encontrando o caminho de volta.

Então começou a chover. No início, mal dava para perceber, uns poucos pingos leves caíam entre as folhas e galhos, nada para se preocupar. Continuamos andando, sem a menor vontade de deixar que um pouco de água estragasse a nossa diversão, mas alguns minutos depois começou a chover pra valer. Todo mundo ficou ensopado, e os monitores decidiram que a gente devia dar meia-volta e retornar. O único problema era que ninguém sabia onde estava o acampamento. A mata era densa, cheia de aglomerações de árvores e de arbustos espinhentos, e a gente havia costurado o nosso caminho para lá e para cá, mudando de direção abruptamente para poder seguir andando. Para aumentar a confusão, estava ficando difícil de enxergar. A mata já era escura, mas com a chuva que caía e o céu escurecendo, mais parecia noite, e não três ou quatro horas da tarde.

Então começou a trovejar. E depois do trovão, vieram os raios. A tempestade estava bem em cima da gente, e era uma dessas tempestades de verão em que o mundo parece vir abaixo. Nunca vi um tempo tão ruim, nem antes nem depois daquele dia. A chuva desabava em cima da gente com tanta força que chegava a doer; toda vez que um trovão estourava, dava para sentir o barulho vibrando dentro do corpo. Imediatamente depois, vinham os raios, dançando à nossa volta como lanças. Era como se armas tivessem se materializado em pleno ar: um súbito clarão que tingia tudo de um branco brilhante e fantasmagórico. Árvores eram atingidas e os galhos começavam a arder. Então, por um momento tudo ficava escuro outra vez, depois havia um novo estrondo no céu e os raios voltavam em um local diferente.

O que nos dava medo eram os raios, é claro. Seria burrice não sentir medo, e em nosso pânico tentávamos fugir deles. Mas a tempestade era grande demais, e para onde quer que fôssemos éramos recebidos por mais raios. Era uma debandada sem direção, uma correria desarvorada em círculos. Então, de repente, alguém avistou uma clareira na mata. Começou uma breve discussão sobre se era mais seguro ir para a clareira ou continuar embaixo das árvores. A voz que defendia o descampado venceu, e todos corremos na direção da clareira.

Era um pequeno prado, na certa um pasto que pertencia a alguma fazenda local, e para chegar lá tivemos de rastejar por baixo de uma cerca de arame farpado. Um por um, deitamos de barriga no chão e avançamos lentamente por baixo da cerca. Eu estava no meio da fila, logo atrás de Ralph. Bem na hora em que estávamos passando pelo arame farpado, veio outro clarão de um raio. Eu estava a pouco menos de um metro de distância, mas por causa da chuva que batia com força nas minhas pálpebras, tive dificuldade de entender o que havia acontecido. Só vi que Ralph havia parado de se mover. Imaginei que tivesse ficado atordoado, por isso continuei rastejando e o ultrapassei. Quando cheguei ao outro lado da cerca, segurei seu braço e o arrastei para a frente.

Não sei quanto tempo ficamos naquele campo. Uma hora, eu diria, e durante todo o tempo que ficamos lá, a chuva, os trovões e os raios não pararam de desabar sobre nós. Era uma tempestade saída das páginas da Bíblia, inclemente, como se não fosse acabar nunca.

Dois ou três garotos foram atingidos por alguma coisa

— talvez por um raio, talvez pelo choque causado por um raio ao atingir o chão perto deles — e o prado começou a se encher com seus lamentos. Outros garotos choravam e rezavam. Outros ainda, com temor na voz, tentavam dar conselhos sensatos. Livrem-se de tudo o que for metálico, diziam, o metal atrai os raios. Todos tiramos os cintos e os jogamos para longe.

Não me lembro de ter dito nada. Não me lembro de ter chorado. Eu e outro garoto nos mantivemos ocupados tentando cuidar de Ralph. Ele ainda estava inconsciente. Esfregávamos suas mãos e braços, mantínhamos sua língua abaixada para que ele não a engolisse, dizíamos para ele aguentar. Depois de um tempo, sua pele começou a ganhar uma cor azulada. Seu corpo pareceu mais frio ao meu tato, mas, apesar dos sinais cada vez mais claros, nem de longe me passou pela cabeça que ele não fosse voltar a si. Eu tinha só catorze anos, afinal, e o que é que eu sabia? Nunca tinha visto uma pessoa morta.

Foi o arame farpado que fez aquilo, eu suponho. Os outros garotos atingidos por raios ficaram zonzos, sentiram dores nos braços e nas pernas durante uma hora, mais ou menos, e depois se recuperaram. Mas Ralph estava debaixo da cerca quando o raio caiu e ele foi eletrocutado na hora.

Mais tarde, quando me disseram que ele estava morto, soube que havia uma queimadura de mais ou menos vinte centímetros nas suas costas. Lembro que tentei assimilar essas informações e que disse a mim mesmo que minha vida nunca mais seria igual depois disso. Por estranho que pareça, não pensei em como eu estava perto dele na hora em que aconteceu. Não pensei: Um ou dois segundos depois, teria sido eu. O que pensei foi que devia manter a sua língua abaixada e vigiar os seus dentes. Sua boca tinha congelado em uma leve careta, com os lábios ligeiramente abertos, e eu havia passado uma hora olhando para as pontas dos seus dentes. Trinta e quatro anos depois, ainda me lembro deles. E dos seus olhos meio abertos, meio fechados. Lembro-me deles também.

4

NÃO FAZ MUITOS ANOS, recebi uma carta de uma mulher que mora em Bruxelas. Ela contava a história de um amigo, um homem que ela conhece desde a infância.

Em 1940, esse homem se alistou no exército belga. Quando mais tarde, naquele mesmo ano, o país caiu sob o domínio alemão, ele foi preso e mandado para um campo de prisioneiros de guerra. Ficou lá até a guerra acabar, em 1945.

Os prisioneiros tinham permissão para se corresponder com funcionários da Cruz Vermelha, na Bélgica. Designaram-lhe arbitrariamente a pessoa com quem se corresponderia — uma enfermeira da Cruz Vermelha de Bruxelas — e durante os cinco anos seguintes ele e essa mulher trocaram cartas todo mês. Durante esse tempo, ficaram muito amigos. A certa altura (não tenho certeza de quanto tempo isso levou), eles perceberam que havia se desenvolvido algo mais do que amizade entre os dois. A correspondência continuou, tornando-se mais íntima a cada carta, e por fim eles declararam seu amor um pelo outro. Como foi possível uma coisa dessas? Eles nunca tinham se visto, nunca tinham passado um minuto na companhia do outro.

Depois da guerra, o homem foi solto e voltou para Bruxelas. Ele conheceu a enfermeira, a enfermeira o conheceu, e nenhum dos dois ficou decepcionado. Um breve tempo depois, eles se casaram.

Os anos passaram. Eles tiveram filhos, envelheceram, o mundo se tornou um mundo um pouco diferente. O filho concluiu os estudos na Bélgica e foi fazer pós-graduação na Alemanha. Lá, na universidade, apaixonou-se por uma jovem alemã. Ele escreveu para os pais dizendo que pretendia se casar com ela.

Os pais de ambos ficaram muito felizes por seus filhos. As duas famílias combinaram de se encontrar, e no dia marcado a família alemã apareceu na casa da família belga em Bruxelas. Quando o pai alemão entrou na sala e o pai belga se levantou para cumprimentá-lo, os dois homens olharam nos olhos um do outro e se reconheceram. Haviam se passado muitos anos, mas nenhum dos dois teve dúvida sobre quem era o outro. Em certa fase de suas vidas, os dois se viam todos os dias. O pai alemão tinha sido guarda no campo de prisioneiros onde o pai belga ficara preso durante a guerra.

Como a mulher que me escreveu a carta se apressou em acrescentar, não havia nenhum rancor entre eles. Por mais monstruoso que o regime alemão tenha sido, o pai alemão não havia feito nada, durante aqueles cinco anos, para que o pai belga sentisse qualquer hostilidade por ele.

Seja como for, os dois homens são agora grandes amigos, e a maior alegria de suas vidas são os netos que têm em comum.

5

Eu tinha oito anos. Naquele momento da minha vida, nada era mais importante para mim do que o beisebol. Meu time era o New York Giants e eu acompanhava os feitos daqueles homens de boné preto e laranja com o fervor de um verdadeiro devoto. Ainda hoje, ao recordar aquele time que já não existe, que jogava em um estádio que já não existe, consigo citar de memória os nomes de quase todos os jogadores. Alvin Dark, Whitey Lockman, Don Mueller, Johnny Antonelli, Monte Irvin, Hoyt Wilhelm. Mas nenhum era maior, nenhum era mais perfeito nem mais digno de adoração do que Willie Mays, o flamejante Say-Hey Kid.

Naquela primavera, me levaram para assistir ao meu primeiro jogo das grandes ligas. Alguns amigos dos meus pais tinham camarotes no Polo Grounds e, numa noite de abril, fomos a uma partida dos Giants contra os Milwaukee Braves. Não sei quem ganhou, não consigo lembrar nenhum detalhe da partida, mas lembro que após o jogo meus pais e seus amigos ficaram sentados em seus lugares conversando até que todos os espectadores tivessem ido embora. Ficou tão tarde que tivemos de deixar o estádio pela saída do meio-campo, a única que ainda estava aberta. Acontece que aquela saída ficava logo abaixo do vestiário dos jogadores.

Assim que nos aproximamos do muro, eu avistei Willie Mays. Não havia dúvida de que era ele. Era Willie Mays, já sem o uniforme, parado ali em trajes comuns, a menos de três metros de mim. Consegui manter minhas pernas em movimento na sua direção e então, reunindo toda a minha coragem, forcei algumas palavras a saírem da minha boca. "Senhor Mays", eu disse, "podia me dar o seu autógrafo?"

Ele devia ter no máximo vinte e quatro anos, mas eu não consegui chamá-lo pelo primeiro nome.

Sua reação ao meu pedido foi brusca mas gentil. "Claro, garoto, claro", disse. "Tem uma caneta?" Ele estava tão cheio de vida, eu me lembro, tão cheio de energia juvenil que não parava de dar pulinhos enquanto falava.

Eu não tinha caneta, então perguntei ao meu pai se ele podia me emprestar a sua. Ele também não tinha caneta. Nem a minha mãe. E no fim das contas nenhum dos outros adultos tinha caneta.

O grande Willie Mays ficou ali parado, esperando, em silêncio. Quando se tornou bem claro que ninguém no grupo tinha nada com que se pudesse escrever, ele se virou para mim e deu de ombros. "Desculpe, garoto", disse. "Se não tem caneta, não posso dar autógrafo." E então ele foi embora do estádio, para dentro da noite.

Eu não queria chorar, mas as lágrimas começaram a cair pelas minhas bochechas, e não havia nada que eu pudesse fazer para contê-las. Pior ainda, chorei durante todo o trajeto para casa, no carro. Sim, eu estava arrasado de frustração, mas também estava revoltado comigo mesmo por não ser capaz de controlar aquelas lágrimas. Eu não era nenhum bebezinho. Tinha oito anos de idade e meninos crescidos não deviam chorar por coisas desse tipo. Não só eu havia ficado sem o autógrafo de Willie Mays, como ainda por cima eu não conseguira me controlar. A vida me pusera à prova e, em todos os aspectos, eu tinha deixado a desejar.

Depois daquela noite, passei a levar uma caneta comigo para onde quer que fosse. Virou um hábito meu nunca sair de casa sem ter certeza de que estava com uma caneta no bolso. Não que eu tivesse planos específicos para a caneta, mas eu não queria estar desprevenido. Eu tinha sido apanhado de mãos vazias uma vez e não iria deixar que acontecesse de novo.

No mínimo, os anos me ensinaram isto: se você tem uma caneta no seu bolso, há uma boa chance de que um dia se sinta tentado a começar a usá-la.

Como gosto de dizer para os meus filhos, foi assim que me tornei escritor.

NOTÍCIA DE UM ACIDENTE

1

QUANDO A. ERA JOVEM, em San Francisco, e estava apenas começando a ganhar a vida, passou por uma fase muito difícil, e quase enlouqueceu. Em um intervalo de poucas semanas, ela foi despedida do emprego, uma de suas melhores amigas foi assassinada quando ladrões invadiram seu apartamento à noite, e seu adorado gato ficou gravemente doente. Não sei qual era a natureza exata da doença, mas parece que sua vida corria risco, e o veterinário disse a A. que o gato morreria dali a um mês se não fosse submetido a determinada cirurgia. Ela perguntou quanto a cirurgia iria custar. O veterinário somou as diversas despesas e o total chegou a trezentos e vinte e sete dólares. A. não tinha aquele dinheiro. Sua conta bancária estava quase em zero, e durante os dias seguintes ela ficou num estado de profundo abatimento, pensando ora em sua amiga morta, ora na impossível quantia necessária para evitar que seu gato morresse: trezentos e vinte e sete dólares.

Um dia ela estava dirigindo pela Mission e parou num sinal fechado. Seu corpo estava ali, mas seus pensamentos estavam em outro lugar, e no vão entre ambos, naquele pequeno espaço que ninguém explorou inteiramente mas onde todos nós às vezes vivemos, ela ouviu a voz de sua amiga assassinada. *Não se preocupe*, disse a voz. *Não se preocupe. As coisas vão se resolver em breve.* O sinal ficou verde, mas A. ainda estava sob o fascínio da alucinação auditiva, e não se moveu. Um instante depois, um carro bateu na traseira do seu, quebrando uma lanterna e amassando o para-choque. O homem que estava dirigindo o carro desligou o motor, saiu e foi falar com A. Ele pediu desculpas por ter feito uma coisa tão estúpida. Não, disse A., a culpa foi minha. O sinal ficou verde e eu não andei. Mas o homem insistiu em que o culpado era ele. Quando soube que A. não tinha seguro contra colisão (ela era pobre demais para esses luxos), o homem se ofereceu para pagar por qualquer dano que tivesse causado ao carro dela. Faça uma estimativa de quanto vai custar, disse ele, e me mande a conta. O meu seguro vai cobrir tudo. A. continuou a protestar, disse que ele não era o responsável pelo acidente, mas ele não queria ouvir um não como resposta, até que por fim ela desistiu. A. levou o carro para uma oficina e pediu ao mecânico para fazer um orçamento do conserto do para-choque e da lanterna traseira. Quando ela voltou algumas horas depois, o mecânico lhe deu um orçamento por escrito. Com uma diferença de alguns centavos a mais ou a menos, a quantia deu exatamente trezentos e vinte e sete dólares.

2

W., O AMIGO DE SAN FRANCISCO que me contou essa história, dirige filmes há vinte anos. Seu projeto mais recente é baseado num romance que conta a aventura de uma mãe e de sua filha adolescente. É uma obra de ficção, mas a maioria dos acontecimentos no livro é extraída diretamente da vida da autora. Hoje uma mulher adulta, ela foi um dia aquela filha adolescente, e a mãe na história — que ainda está viva — foi sua mãe de verdade.

O filme de W. foi rodado em Los Angeles. Uma atriz famosa foi contratada para fazer o papel da mãe e, pelo que W. me contou em uma visita recente a Nova York, a filmagem transcorreu tranquilamente e a produção foi concluída dentro do prazo. Quando ele começou a editar o filme, porém, decidiu que queria acrescentar mais algumas cenas, que ele achava que melhorariam muito a história. Uma delas incluía uma tomada da mãe estacionando seu carro numa rua de um bairro residencial. O gerente de locação saiu em busca de uma rua adequada e, por fim, escolheu uma — arbitrariamente, ao que parece, já que qualquer rua em Los Angeles é mais ou menos igual a todas as outras. Na manhã marcada, W., a atriz e a equipe de filmagem reuniram-se na rua para rodar a cena. O carro que a atriz devia dirigir estava estacionado em frente a uma casa — uma casa qualquer, sem nada de especial, uma casa como as outras da rua — e, enquanto meu amigo e sua atriz principal estavam parados na calçada conversando sobre a cena e as possíveis maneiras de abordá-la, a porta da casa se abriu de modo brusco e uma mulher saiu correndo. Parecia estar rindo e gritando ao mesmo tempo. Distraídos pela comoção, W. e a atriz pararam de falar. Uma mulher que ria e gritava estava correndo pelo gramado e vinha na direção deles. Não sei qual era o tamanho do gramado. W. deixou de mencionar esse detalhe quando me contou a história, mas em minha mente vejo um gramado grande, o que daria à mulher uma distância considerável a percorrer antes de alcançar a calçada e anunciar quem ela era. Um momento como aquele merece ser prolongado, me parece — nem que seja só por alguns segundos —, pois o que estava para acontecer era algo tão implausível, tão bizarro em seu desafio às probabilidades, que dá vontade de saboreá-lo por alguns segundos a mais antes de deixá-lo ir embora. A mulher que vinha correndo pelo gramado era a mãe da romancista. Personagem ficcional no livro da filha, ela era também sua mãe de verdade, e agora, por puro acidente, estava prestes a conhecer a mulher que representava aquele personagem ficcional num filme baseado no livro em que o personagem dela tinha sido, na verdade, ela mesma. Ela era real, mas era também imaginária. E a atriz que a estava representando era real e também imaginária. Havia duas delas paradas na calçada naquela manhã, mas ao mesmo tempo só havia uma. Ou talvez fosse a mesma, duas vezes. Segundo o que meu amigo me contou, quando as mulheres finalmente compreenderam o que havia ocorrido, lançaram-se nos braços uma da outra e se abraçaram.

3

EM SETEMBRO PASSADO, tive de ir a Paris por alguns dias e meu editor reservou para mim um quarto num pequeno hotel na Rive Gauche. É o mesmo hotel onde eles hospedam todos os autores, e eu já tinha ficado lá algumas vezes no passado. Afora a conveniência de sua localização — na metade de uma rua estreita próxima ao Boulevard Saint-Germain —, não há nem de longe nada de interessante nesse hotel. O preço é módico, os quartos são apertados e ele não é citado em nenhum guia de viagens. As pessoas que o administram são bastante simpáticas, mas não passa de uma espelunca insignificante e sem graça, e tirando dois escritores americanos que têm o mesmo editor francês que eu, nunca conheci ninguém que tivesse se hospedado lá. Menciono esse fato porque a obscuridade do hotel tem um papel nesta história. A menos que se pare um momento para considerar quantos hotéis existem em Paris (que atrai mais visitantes do que qualquer outra cidade no mundo) e depois quantos quartos existem nesses hotéis (milhares, sem dúvida dezenas de milhares), não se compreenderá o significado pleno do que me aconteceu no ano passado.

Cheguei tarde ao hotel — com mais de uma hora de atraso — e me registrei na recepção. Depois, subi imediatamente para o quarto. Na hora em que estava colocando a chave na porta, o telefone começou a tocar. Entrei, larguei minha mala no chão e peguei o fone, que ficava num nicho da parede, bem ao lado da cama, mais ou menos na altura do travesseiro. Como o fone estava virado na direção da cama, e como o fio era curto, e como a única cadeira do quarto estava fora de alcance, era preciso sentar na cama para atender o telefone. Foi o que fiz, e enquanto conversava com a pessoa na linha, notei um pedaço de papel embaixo da escrivaninha, no lado oposto do quarto. Em qualquer outro lugar, eu não estaria numa posição que me permitisse ver o papel. As dimensões do quarto eram tão exíguas que o espaço entre a escrivaninha e o pé da cama não era mais do que um metro ou um metro e meio. Do meu ponto de vista privilegiado na cabeceira da cama, eu me encontrava no único lugar que proporcionava um ângulo próximo o bastante do chão para ver o que estava embaixo da escrivaninha. Depois que a conversa terminou, eu levantei da cama, me agachei embaixo da escrivaninha e peguei o pedaço de papel. Curioso, é claro, sempre curioso, mas nem de longe esperando achar algo extraordinário. O papel era um desses pequenos formulários para mensagens que eles enfiam por baixo da porta nos hotéis europeus. De... Para..., a data e o horário, e embaixo um quadrado em branco para você redigir a mensagem. O papel tinha sido dobrado em três e, estampado em letras maiúsculas na parte externa, estava o nome de um dos meus melhores amigos. Não nos vemos com frequência (O. mora no Canadá), mas juntos tivemos muitas experiências memoráveis e sempre existiu uma grande afeição entre nós. Ver seu nome naquela mensagem me deixou muito contente. Fazia algum tempo que não nos falávamos e eu nem imaginava que ele pudesse estar em Paris ao mesmo tempo que eu. Naqueles primeiros momentos de descoberta e incompreensão, supus que de algum modo O. tivesse ficado sabendo que eu estava para chegar e houvesse ligado para o hotel a fim de deixar uma mensagem para mim. A mensagem tinha sido entregue no meu quarto, mas quem quer que a tivesse trazido havia deixado o papel de maneira descuidada na beirada da escrivaninha, e ele caíra no chão. Ou então essa pessoa (a camareira?) a deixara cair por acidente, enquanto preparava o quarto para a minha chegada. Seja como for, nenhuma dessas explicações era muito plausível. O ângulo estava errado e, a menos que alguém tivesse chutado o papel depois de ele ter caído no chão, ele não poderia ter ido parar tão longe, embaixo da escrivaninha. Eu já estava começando a reconsiderar a minha hipótese, quando me ocorreu algo pertinente. O nome de O. estava na face externa da mensagem. Se ela fosse para mim, era o meu nome que estaria ali. Era o nome do destinatário que devia estar escrito na face externa da mensagem, não o do remetente; e se o meu nome não estava ali, seguramente não estaria em nenhum outro lugar. Abri a mensagem e li. O remetente era alguém de quem eu nunca tinha ouvido falar — mas o destinatário era de fato O. Corri para o térreo e perguntei ao recepcionista se O. ainda estava hospedado ali. Era uma pergunta idiota, é claro, mas assim mesmo perguntei. Como O. poderia estar ali se não estava mais no seu quarto? Era eu que estava lá agora, e o quarto de O. não era mais o quarto dele, e sim o meu. Perguntei ao recepcionista a que horas ele tinha ido embora. Faz uma hora, ele respondeu. Uma hora antes, eu estava sentado dentro de um táxi na periferia de Paris, preso num engarrafamento. Se eu tivesse chegado ao hotel na hora prevista, teria encontrado O. no momento exato em que ele saía pela porta.

NÃO SIGNIFICA NADA

1

Nós o encontrávamos às vezes no Hotel Carlyle. Seria exagero chamá-lo de amigo, mas F. era um conhecido muito agradável, e minha mulher e eu sempre ficávamos na expectativa quando ele ligava dizendo que viria à cidade. Poeta francês ousado e prolífico, F. era também uma das maiores autoridades do mundo a respeito de Henri Matisse. Tamanha era a sua reputação que um importante museu francês lhe pediu para organizar uma grande exposição da obra do artista. F. não era um curador profissional, mas se entregou ao trabalho com enorme energia e habilidade. A ideia era reunir todas as pinturas de Matisse de um período específico de cinco anos do meio de sua carreira. O projeto envolvia dúzias de telas, e como elas estavam espalhadas pelo mundo, em museus e em coleções particulares, F. levou muitos anos para preparar a exposição. No fim, apenas uma obra não havia sido encontrada — mas era uma obra crucial, a peça central de toda a exposição. F. não tinha sido capaz de localizar o dono, não tinha a menor ideia de onde ela estava, e sem aquela tela anos de viagem e de trabalho meticuloso teriam sido em vão. Durante os seis meses seguintes, ele se dedicou exclusivamente à busca daquela pintura, e quando a encontrou descobriu que o tempo todo ela estivera a poucos metros dele. O proprietário era uma mulher que morava num apartamento do Hotel Carlyle. O Carlyle era o hotel predileto de F., que ficava lá toda vez que vinha a Nova York. Mais que isso, o apartamento da mulher ficava exatamente em cima do quarto que F. sempre reservava para si — apenas um andar acima. O que significava que todas as vezes que F.

tinha dormido no Hotel Carlyle imaginando onde poderia estar a pintura desaparecida, ela estava pendurada em uma parede bem em cima de sua cabeça. Como uma imagem de sonho.

2

ESCREVI ESSE PARÁGRAFO no mês de outubro passado. Poucos dias depois, um amigo de Boston telefonou para me contar que um poeta seu conhecido estava mal de saúde. Agora com sessenta e poucos anos, esse homem passara a vida nas regiões longínquas do sistema solar literário — o único habitante de um asteroide que orbita em torno de uma lua terciária de Plutão, visível apenas por meio dos telescópios mais potentes. Eu nunca o conheci, mas li sua obra e sempre o imaginei vivendo em seu pequeno planeta como um Pequeno Príncipe dos tempos modernos.

Meu amigo me contou que a saúde do poeta se deteriorava. Ele estava fazendo um tratamento para a sua doença, já não tinha quase nenhum tostão no bolso e vivia sob ameaça de ser despejado de seu apartamento. Como uma forma de levantar rapidamente o dinheiro necessário para salvar o poeta de seus apuros, meu amigo tinha tido a ideia de fazer um livro em sua homenagem. Ele iria pedir colaborações a uma porção de poetas e escritores, reuni-las em um volume atraente, de tiragem limitada, e vender apenas os exemplares encomendados. Acreditava que existiam colecionadores de livros suficientes no país para garantir um lucro considerável. Quando o dinheiro fosse reunido, seria todo ele enviado ao poeta doente e em apuros.

Ele me perguntou se eu não teria uma ou duas páginas perdidas em algum canto que pudesse lhe ceder, e eu mencionei a pequena história que tinha acabado de escrever sobre o meu amigo francês e a pintura desaparecida. Enviei-a para ele por fax naquela mesma manhã, e algumas horas depois ele ligou de volta para dizer que tinha gostado do texto e queria incluí-lo no livro. Fiquei contente de ter feito a minha pequena parte e então, assim que tudo foi acertado, me esqueci completamente do assunto.

Duas noites atrás (31 de janeiro de 2000) eu estava sentado com a minha filha de doze anos à mesa de jantar em nossa casa no Brooklyn, ajudando-a com as lições de matemática — uma enorme lista de problemas com números negativos e positivos. Minha filha não morre de amores por matemática, e, assim que terminamos de converter as subtrações em adições e os negativos em positivos, passamos a falar sobre o recital de música que tinha acontecido em sua escola algumas noites antes. Ela havia cantado "The First Time Ever I Saw Your Face", a antiga canção de Roberta Flack, e agora estava procurando outra música para começar a se preparar para o recital da primavera. Depois de lançar algumas ideias ao acaso, nós dois resolvemos que dessa vez ela devia cantar alguma coisa animada e em ritmo acelerado, em contraste com a balada lenta e melancólica que tinha acabado de interpretar. Sem o menor aviso, ela saltou da cadeira e começou a entoar a letra de "It Don't Mean a Thing if it Ain't Got that Swing". Sei que os pais tendem a exagerar o talento dos filhos, mas para mim não havia a menor dúvida de que sua interpretação daquela música fora sensacional. Dançando e se requebrando enquanto a música se derramava de dentro dela, minha filha levou sua voz a regiões onde raramente havia estado antes, e como ela mesma percebeu isso, e pôde sentir a força da sua interpretação, ela imediatamente repetiu a música quando terminou. Depois cantou outra vez. E mais outra. Durante quinze ou vinte minutos, a casa foi tomada por variações cada vez mas belas e extasiantes de uma frase única e inesquecível: *It don't mean a thing if it ain't got that swing.*

Na tarde seguinte (ontem), eu peguei minha correspondência por volta das duas horas. Havia uma pilha considerável, a habitual mistura de lixo e coisas importantes. Uma das cartas era de um pequeno editor de poesia de Nova York, e abri essa primeiro. Para minha surpresa, ela continha as provas da minha contribuição para o livro do meu amigo. Li o texto outra vez, fiz duas ou três correções e depois liguei para a editora que estava cuidando do livro. Seu nome e telefone vinham indicados numa carta anexa enviada pelo editor, e, depois de nossa breve conversa, desliguei o telefone e fui ver o resto da correspondência. Enfiado entre as páginas do novo número da revista *Seventeen Magazine*, da minha filha, havia um envelope fino e branco vindo da França. Quando virei para ver o endereço do remetente, descobri que era F., o mesmo poeta cuja experiência com a tela desaparecida tinha me inspirado a escrever o conto que eu acabara de reler pela primeira vez desde que o escrevera, em outubro. Que coincidência, pensei. Minha vida tem sido repleta de acontecimentos curiosos como esse e, por mais que eu tente, parece que não consigo me livrar deles. O que há com o mundo que não para de me envolver em todo esse absurdo?

Então abri o envelope. Dentro, havia um livro de poesia fino — aquilo que os franceses chamam de *plaquette*. Tinha apenas trinta e duas páginas, e estava impresso em papel refinado e elegante. Enquanto eu o folheava, vendo de relance uma frase aqui e outra ali, e reconhecendo de pronto o estilo frenético e exuberante que caracteriza toda a obra de F., um pedacinho de papel caiu de dentro do livro e voou até pousar em minha escrivaninha. Não tinha mais de cinco centímetros de comprimento e um centímetro e meio de largura. Eu não fazia a menor ideia do que fosse. Eu nunca havia encontrado uma tira de papel perdida dentro de um livro novo, e a menos que se tratasse de um microscópico e rarefeito marcador de página, para combinar com a sofisticação do próprio livro, parecia ter sido posto ali por engano.

Apanhei o retângulo erradio de cima da escrivaninha, virei-o ao contrário e vi que havia algo escrito no outro lado — onze palavras curtas dispostas numa única linha datilografada. Os poemas tinham sido escritos em francês, o livro tinha sido impresso na França, mas as palavras na tira de papel caída de dentro do livro estavam em inglês. Elas formavam uma frase, e essa frase dizia: *It don't mean a thing if it ain't got that swing.*

3

COMO JÁ CHEGUEI ATÉ AQUI, não consigo resistir à tentação de adicionar mais um elo a esta cadeia de anedotas. Quando eu estava escrevendo as palavras finais do primeiro parágrafo da última história ("vivendo em seu pequeno planeta como um Pequeno Príncipe dos tempos modernos"), lembrei-me do fato de que *O Pequeno Príncipe* foi escrito em Nova York. Pouca gente sabe disso, mas depois que Saint-Exupéry saiu da aeronáutica, após a derrota da França em 1940, ele veio para os Estados Unidos e morou por um tempo no número 240 da Central Park South, em Manhattan. Foi lá que escreveu o seu livro célebre, o mais francês de todos os livros infantis franceses. *Le Petit Prince* é leitura obrigatória para quase todo aluno de francês no ensino médio nos Estados Unidos e, como foi o caso de tantos outros antes de mim, foi o primeiro livro que li num idioma que não o inglês. Daí, passei a ler outros livros em francês. Mais adiante, traduzi livros franceses como um meio de ganhar a vida, quando jovem, e a certa altura morei na França durante quatro anos. Foi então que conheci F. e me familiarizei com a sua obra. Pode parecer uma afirmação bizarra, mas creio que é seguro dizer que, se não tivesse lido *O Pequeno Príncipe* quando adolescente, em 1963, eu jamais teria recebido um livro de F. pelo correio, trinta e sete anos depois. Isso também significa que eu nunca teria descoberto o misterioso pedacinho de papel com as palavras *It don't mean a thing if it ain't got that swing*.

O número 240 da Central Park South é um prédio esquisito, mal projetado, situado na esquina que dá para o

Columbus Circle. A construção foi concluída em 1941 e os primeiros moradores se mudaram pouco antes do ataque a Pearl Harbor e da entrada dos Estados Unidos na guerra. Não sei a data exata em que Saint-Exupéry se mudou para lá, mas ele deve ter sido um dos primeiros habitantes. Por uma dessas anomalias curiosas que não significam absolutamente nada, a minha mãe também foi um daqueles moradores. Ela se mudou do Brooklyn para lá com os pais e a irmã, quando tinha dezesseis anos, e só saiu depois que casou com o meu pai, cinco anos mais tarde. Foi um passo extraordinário para a família — mudar-se de Crown Heights para um dos endereços mais chiques de Manhattan — e isso me leva a pensar que minha mãe viveu no mesmo edifício onde Saint-Exupéry escreveu *O Pequeno Príncipe*. No mínimo, eu me sinto comovido pelo fato de que ela não tinha a menor ideia de que o livro estava sendo escrito, nem a menor ideia de quem era o autor. Ela também não ficou sabendo da morte dele algum tempo depois, quando seu avião caiu, no último ano da guerra. Por aquela mesma época, mais ou menos, minha mãe se apaixonou por um aviador. E ele também morreu naquele mesmo ano.

Meus avós continuaram morando no número 240 da Central Park South até morrerem (minha avó morreu em 1968; meu avô, em 1979), e boa parte das minhas lembranças de infância mais marcantes se passam no apartamento deles. Minha mãe foi morar em New Jersey depois que casou com meu pai e nós nos mudamos várias vezes quando eu era criança, mas o apartamento de Nova York estava sempre lá, um ponto fixo num universo instável em tudo o mais. Era lá que eu ficava parado na janela vendo o trânsito rodopiar em volta da estátua de Cristóvão Colombo. Era lá que o meu avô executava os seus números de mágica para mim. E foi lá que eu passei a encarar Nova York como a minha cidade.

Assim como minha mãe tinha feito, sua irmã mudou-se do apartamento quando casou. Pouco depois (no início da década de 1950), ela e o marido foram para a Europa, onde moraram durante os doze anos seguintes. Ao pensar nas várias decisões que tomei ao longo da vida, não tenho dúvida de que o exemplo deles me inspirou a me mudar para a França, quando estava com os meus vinte e poucos anos. Quando minha tia e meu tio voltaram para Nova York, meu primo tinha onze anos. Eu havia me encontrado com ele uma vez só. Seus pais o mandaram para o *lycée* francês e, por causa das incongruências entre as nossas respectivas formações escolares, acabamos lendo *Le Petit Prince* ao mesmo tempo, muito embora eu fosse seis anos mais velho do que ele. Naquele tempo, nenhum de nós sabia que o livro tinha sido escrito no mesmo prédio em que as nossas mães haviam morado.

Depois que voltaram da Europa, meu primo e seus pais se estabeleceram num apartamento no Upper East Side. Ao longo de alguns anos, desde então, todo mês ele ia cortar o cabelo na barbearia do Hotel Carlyle.

2000

Paul Auster foi um escritor, roteirista e poeta norte-americano nascido em Newark, Nova Jersey, em 1947. Estudou literaturas inglesa, francesa e italiana na Universidade Columbia. Após concluir os estudos, mudou-se para Paris, onde trabalhou como tradutor. Estreou na literatura com *A invenção da solidão* e ganhou fama internacional com *A trilogia de Nova York*. A Companhia das Letras publica sua obra no Brasil. Morreu em 2024, aos 77 anos.

COMPANHIA DE BOLSO

Jorge AMADO
  Capitães da Areia
  Mar morto
Carlos Drummond de ANDRADE
  Sentimento do mundo
Hannah ARENDT
  Homens em tempos sombrios
  Origens do totalitarismo
Philippe ARIÈS, Roger CHARTIER (Orgs.)
  História da vida privada 3 — Da Renascença ao Século das Luzes
Karen ARMSTRONG
  Em nome de Deus
  Uma história de Deus
  Jerusalém
Paul AUSTER
  O caderno vermelho
Ishmael BEAH
  Muito longe de casa
Jurek BECKER
  Jakob, o mentiroso
Marshall BERMAN
  Tudo que é sólido desmancha no ar
Jean-Claude BERNARDET
  Cinema brasileiro: propostas para uma história
Harold BLOOM
  Abaixo as verdades sagradas
David Eliot BRODY, Arnold R. BRODY
  As sete maiores descobertas científicas da história
Bill BUFORD
  Entre os vândalos
Jacob BURCKHARDT
  A cultura do Renascimento na Itália
Peter BURKE
  Cultura popular na Idade Moderna
Italo CALVINO
  Os amores difíceis
  O barão nas árvores
  O cavaleiro inexistente
  Fábulas italianas
  Um general na biblioteca
  Os nossos antepassados
  Por que ler os clássicos
  O visconde partido ao meio
Elias CANETTI
  A consciência das palavras
  O jogo dos olhos
  A língua absolvida
  Uma luz em meu ouvido
Bernardo CARVALHO
  Nove noites
Jorge G. CASTAÑEDA
  Che Guevara: a vida em vermelho
Ruy CASTRO
  Chega de saudade
  Mau humor
Louis-Ferdinand CÉLINE
  Viagem ao fim da noite
Sidney CHALHOUB
  Visões da liberdade
Jung CHANG
  Cisnes selvagens
John CHEEVER
  A crônica dos Wapshot
Catherine CLÉMENT
  A viagem de Théo
J. M. COETZEE
  Infância
  Juventude
Joseph CONRAD
  Coração das trevas
  Nostromo
Mia COUTO
  Terra sonâmbula
Alfred W. CROSBY
  Imperialismo ecológico
Robert DARNTON
  O beijo de Lamourette
Charles DARWIN
  A expressão das emoções no homem e nos animais
Jean DELUMEAU
  História do medo no Ocidente
Georges DUBY
  Damas do século XII
  História da vida privada 2 — Da Europa feudal à Renascença (Org.)
  Idade Média, idade dos homens
Mário FAUSTINO
  O homem e sua hora
Meyer FRIEDMAN,
Gerald W. FRIEDLAND
  As dez maiores descobertas da medicina
Jostein GAARDER
  O dia do Curinga
  Maya
  Vita brevis
Jostein GAARDER, Victor HELLERN,
Henry NOTAKER
  O livro das religiões

Fernando GABEIRA
O que é isso, companheiro?
Luiz Alfredo GARCIA-ROZA
O silêncio da chuva
Eduardo GIANNETTI
Auto-engano
Vícios privados, benefícios públicos?
Edward GIBBON
Declínio e queda do Império Romano
Carlo GINZBURG
Os andarilhos do bem
História noturna
O queijo e os vermes
Marcelo GLEISER
A dança do Universo
O fim da Terra e do Céu
Tomás Antônio GONZAGA
Cartas chilenas
Philip GOUREVITCH
Gostaríamos de informá-lo de que amanhã seremos mortos com nossas famílias
Milton HATOUM
A cidade ilhada
Cinzas do Norte
Dois irmãos
Relato de um certo Oriente
Um solitário à espreita
Patricia HIGHSMITH
Ripley debaixo d'água
O talentoso Ripley
Eric HOBSBAWM
O novo século
Sobre história
Albert HOURANI
Uma história dos povos árabes
Henry JAMES
Os espólios de Poynton
Retrato de uma senhora
P. D. JAMES
Uma certa justiça
Ismail KADARÉ
Abril despedaçado
Franz KAFKA
O castelo
O processo
John KEEGAN
Uma história da guerra
Amyr KLINK
Cem dias entre céu e mar
Jon KRAKAUER
No ar rarefeito

Milan KUNDERA
A arte do romance
A brincadeira
A identidade
A ignorância
A insustentável leveza do ser
A lentidão
O livro do riso e do esquecimento
Risíveis amores
A valsa dos adeuses
A vida está em outro lugar
Danuza LEÃO
Na sala com Danuza
Primo LEVI
A trégua
Alan LIGHTMAN
Sonhos de Einstein
Gilles LIPOVETSKY
O império do efêmero
Claudio MAGRIS
Danúbio
Naguib MAHFOUZ
Noites das mil e uma noites
Norman MAILER (JORNALISMO LITERÁRIO)
A luta
Janet MALCOLM (JORNALISMO LITERÁRIO)
O jornalista e o assassino
A mulher calada
Javier MARÍAS
Coração tão branco
Ian McEWAN
O jardim de cimento
Sábado
Heitor MEGALE (Org.)
A demanda do Santo Graal
Evaldo Cabral de MELLO
O negócio do Brasil
O nome e o sangue
Luiz Alberto MENDES
Memórias de um sobrevivente
Gita MEHTA
O monge endinheirado, a mulher do bandido e outras histórias de um rio indiano
Jack MILES
Deus: uma biografia
Vinicius de MORAES
Antologia poética
Livro de sonetos
Nova antologia poética
Orfeu da Conceição
Fernando MORAIS
Olga
Helena MORLEY
Minha vida de menina

Toni MORRISON
Jazz
V. S. NAIPAUL
Uma casa para o sr. Biswas
Friedrich NIETZSCHE
Além do bem e do mal
O Anticristo
Aurora
O caso Wagner
Crepúsculo dos ídolos
Ecce homo
A gaia ciência
Genealogia da moral
Humano, demasiado humano
Humano, demasiado humano, vol. II
O nascimento da tragédia
Adauto NOVAES (Org.)
Ética
Os sentidos da paixão
Michael ONDAATJE
O paciente inglês
Malika OUFKIR, Michèle FITOUSSI
Eu, Malika Oufkir, prisioneira do rei
Amós OZ
A caixa-preta
O mesmo mar
José Paulo PAES (Org.)
Poesia erótica em tradução
Orhan PAMUK
Meu nome é Vermelho
Georges PEREC
A vida: modo de usar
Michelle PERROT (Org.)
História da vida privada 4 — Da Revolução Francesa à Primeira Guerra
Fernando PESSOA
Livro do desassossego
Poesia completa de Alberto Caeiro
Poesia completa de Álvaro de Campos
Poesia completa de Ricardo Reis
Ricardo PIGLIA
Respiração artificial
Décio PIGNATARI (Org.)
Retrato do amor quando jovem
Edgar Allan POE
Histórias extraordinárias
Antoine PROST, Gérard VINCENT (Orgs.)
História da vida privada 5 — Da Primeira Guerra a nossos dias
David REMNICK (JORNALISMO LITERÁRIO)
O rei do mundo
Darcy RIBEIRO
Confissões
O povo brasileiro

Edward RICE
Sir Richard Francis Burton
João do RIO
A alma encantadora das ruas
Philip ROTH
Adeus, Columbus
O avesso da vida
Casei com um comunista
O complexo de Portnoy
Complô contra a América
Homem comum
A marca humana
Pastoral americana
O teatro de Sabbath
Elizabeth ROUDINESCO
Jacques Lacan
Arundhati ROY
O deus das pequenas coisas
Murilo RUBIÃO
Murilo Rubião — Obra completa
Salman RUSHDIE
Haroun e o Mar de histórias
Oriente, Ocidente
O último suspiro do mouro
Os versos satânicos
Oliver SACKS
Um antropólogo em Marte
Enxaqueca
Tio Tungstênio
Vendo vozes
Carl SAGAN
Bilhões e bilhões
Contato
O mundo assombrado pelos demônios
Edward W. SAID
Cultura e imperialismo
Orientalismo
José SARAMAGO
O Evangelho segundo Jesus Cristo
História do cerco de Lisboa
O homem duplicado
A jangada de pedra
Arthur SCHNITZLER
Breve romance de sonho
Moacyr SCLIAR
O centauro no jardim
A majestade do Xingu
A mulher que escreveu a Bíblia
Amartya SEN
Desenvolvimento como liberdade
Dava SOBEL
Longitude
Susan SONTAG
Doença como metáfora / AIDS e suas metáforas
A vontade radical

Jean STAROBINSKI
Jean-Jacques Rousseau
I. F. STONE
O julgamento de Sócrates
Keith THOMAS
O homem e o mundo natural
Drauzio VARELLA
Estação Carandiru
John UPDIKE
As bruxas de Eastwick
Caetano VELOSO
Verdade tropical
Erico VERISSIMO
Caminhos cruzados
Clarissa
Incidente em Antares

Paul VEYNE (Org.)
História da vida privada 1 — Do Império Romano ao ano mil
XINRAN
As boas mulheres da China
Ian WATT
A ascensão do romance
Raymond WILLIAMS
O campo e a cidade
Edmund WILSON
Os manuscritos do mar Morto
Rumo à estação Finlândia
Edward O. WILSON
Diversidade da vida
Simon WINCHESTER
O professor e o louco

1ª edição Companhia de Bolso [2009] 3 reimpressões

Esta obra foi composta pela Verba Editorial em Janson Text e impressa pela Gráfica Forma Certa sobre papel Avena para a Editora Schwarcz em junho de 2024

A marca FSC® é a garantia de que a madeira utilizada na fabricação do papel deste livro provém de florestas que foram gerenciadas de maneira ambientalmente correta, socialmente justa e economicamente viável, além de outras fontes de origem controlada.